kkkkkkkkkk

kkkrônicas

Direção editorial: **Bruno Thys e Luiz André Alzer**
Capa, projeto gráfico e diagramação: **Renata Maneschy**
Ilustrações: **Robson Mathias**
Organização de textos: **Augusto Portugal e Jordan Ferreira**
Revisão: **Luciana Barros**
Foto da orelha: **Diego Mello**
Fotos internas gentilmente cedidas por Augusto Portugal, Bruna Benicio, Bárbara Pires, Cláudio Rangel, Dirce Benicio, Jordan Ferreira, Maurício Muniz e Sérgio Câmara

Dados Internacionais de Catalogação na Publicação (CIP)
(eDOC BRASIL, Belo Horizonte/MG)

B467k Benicio, Milla.
Kkkrônicas: a comédia da vida compartilhada, curtida e comentada / Milla Benicio. – Rio de Janeiro, RJ: Máquina de Livros, 2019.
208 p.: 14 x 21 cm

ISBN: 978-85-54349-13-4

1. Crônicas brasileiras. 2. Literatura brasileira – Crônicas. I. Título.

CDD B869.3

Grafia atualizada segundo o Acordo Ortográfico da Língua Portuguesa de 1990, em vigor no Brasil desde 2009

1ª edição, 2019

Rua Francisco Serrador 90 / 902, Centro, Rio de Janeiro/RJ – CEP 20031-060
www.maquinadelivros.com.br
contato@maquinadelivros.com.br

A comédia da
vida compartilhada,
curtida e comentada

kkrônicas

Milla Benicio

máquina de livros

índice

apresentação

Depois de assistir a alguns filmes do Woody Allen, a gente percebe como pessoas neuróticas têm potencial de transformar suas vidas em roteiros cômicos. É claro que nunca pensei em aplicar isso a mim, até porque não tenho o talento, muito menos as neuroses de Allen. Mas, certo dia, relatei numa rede social um destes eventos tragicômicos tão comuns em meu cotidiano. A reação me surpreendeu: foram muitas curtidas e comentários para um texto relativamente longo. E o mais importante: meus amigos se divertiram com a postagem e eu, com os comentários deles. Por isso, alguns dias depois, compartilhei uma nova história.

Logo se firmou uma dinâmica de publicações no meu perfil. Os "comentadores" frequentes passaram a interagir entre si e a serem reconhecidos pelos demais usuários. Os leitores começaram a cobrar mais postagens. Por vezes, amigos me ligavam para comentar uma crônica (não sei quando, mas em certo momento uns já se referiam aos textos como crônicas).

De repente, eu havia me tornado uma sub-sub-celebridade. Agora, escutava com uma regularidade inesperada coisas como "sou seu fã". Hoje as pessoas querem até tirar foto com meu filho por causa das histórias! Às vezes, me pego rindo, porque já escrevo há anos e sempre esperei reconhecimento pela minha tese de doutorado, não pelos meus *posts* do Facebook. Por outro lado, foi inédita para mim a experiência de produzir textos coletivos, a dez, vinte, trinta mãos. Porque, claro, os comentários, desde o princípio, sempre foram parte fundamental das crônicas.

De um tempo pra cá, muitos leitores passaram a insistir na ideia de um livro. Alguns se convenceram disso a tal ponto que começaram a tratar o caso como fato consumado e falam com a maior naturalidade do mundo: "Esta história é ótima! Tem que entrar no livro".

Dois desses leitores eram mais doidos do que a média. Jordan e Augusto se propuseram a compilar as crônicas, e aceitei com uma condição:

que incluíssemos também os comentários. Coitados, devem ter se arrependido. Foi um trabalho danado. Juntos, selecionamos dois anos e meio de histórias, de 2017 a 2019. Escolhemos apenas os mais bem-humorados e cortamos sem misericórdia comentários meramente elogiosos, repetitivos ou sem muita graça. Revisamos ortografia e alteramos uma coisa ou outra para adequá-los ao formato de livro.

Hoje posso dizer que a melhor sacada dos leitores foi compreender que a linguagem da internet também é literária. Por isso, deste *post* pretendo fazer o prefácio e quero contar aqui a última história da "temporada" para abrir o nosso livro. O causo é sobre o dia em que assinei o contrato com a Editora Máquina de Livros para a publicação deste "Kkkrônicas". Eu já tinha conversado com um dos sócios, o Luiz André Alzer, que me deu a maravilhosa notícia de que eles lançariam os textos. Marcamos nova reunião em uma cafeteria, quando eu conheceria o segundo sócio, Bruno Thys, e eles me entregariam o contrato assinado. Luiz foi o primeiro a chegar e quando o cumprimentei, ele falou: "Oi! Não tinha te reconhecido, você está igual a uma adolescente!". Uns dez segundos depois, perguntou: "Você tem 36, né?". Fiquei na dúvida se ele estava me achando um espetáculo com 36 anos ou vestida de forma totalmente inadequada. Mais tarde, tive certeza de que se tratava da segunda opção, porque, quando o Bruno chegou, ele me apresentou da seguinte forma: "Esta é Milla. Hoje ela está vestida meio como adolescente". Fiquei com vontade de "dar uma respostinha", como diria minha mãe, mas os contratos assinados ainda estavam com eles e achei melhor simplesmente sentar e esconder meu All Star embaixo da mesa. A blusa dos Rolling Stones com a língua de fora não tinha jeito. Ponderei que era melhor deixá-los acreditar que aquilo era apenas um episódio e não meu estilo habitual. De qualquer modo, a conversa sobre o livro começou a fluir e os dois me deram dicas incríveis. E eu, claro, não tinha onde anotar: fui para a reunião sem nenhum tipo de caderneta ou agenda, pois sou esse tipo de gente que não anda com caderneta ou agenda. Peguei na bolsa o único papel que estava à mão: um boleto bancário. Abri feito um ogro e comecei a tomar nota. Os dois se entreolharam (o Bruno ainda perguntou, delicado, se eu não precisaria do boleto para pagá-lo) e neste momento o vestuário adolescente deve ter se tornado "o de menos" na cabeça dos editores. Eles seguiram elogiando a sofisticação da minha escrita. "Exceto na crônica do cocô no Detran", observou Luiz, enquanto pegava o chantilly do meu waffle para colocar no seu próprio cappuccino (coisas que temos que aceitar para ver uma obra publicada...). E essas foram as minhas boas-vindas à Máquina de Livros. Honestamente, não imagino outra editora para dar vida ao "Kkkrônicas". Nem outro começo, senão esta reunião (muito menos outra roupa... kkkk). Estou indescritivelmente feliz por poder contar com a experiência do Alzer e do Bruno para deixar esse projeto redondo e especialmente porque eles, assim como vocês, leitores, fizeram deste livro uma aposta.

Gustavo: *Ogro adolescente é ótimo! Kkkkk*

Milla: *Eu sou Fiona com 15 anos.*

Daniel: *Finalmente, né?* 😲 *Eu sabia que era questão de tempo, mas não sabia que levaria tanto tempo pra esse tempo chegar. Que agonia!*

Milla: *Foi para dar um charme...*

Tailine: *Que venha a noite de autógrafos e espero sinceramente vê-la como uma adolescente kkkk*

Milla: *O que vocês não entendem é que eu pareço adolescente por causa dos genes, e não da roupa...*

Rayanne: *Céus!! Eu ia comentar uma coisa fofa como "torço muito pelo sucesso desse livro", "parabéns, não esperava menos de você" ou "serei a primeira da fila na noite de autógrafos", mas agora estou APAVORADA que o Jordan estava selecionando comentários também. Vou ali no cartório mudar meu nome. A vingança deve ter vindo! Mas eu sempre gostei de você, tá, Jordanzinho? Kkkkkkk*

Jordan: *Me aguarde.*

Rayanne: *Ah, seu demônio!*

Carlos: *Tem que ter um capítulo dedicado ao ódio mútuo entre Jordan e Rayan-*

ne, a saga imortal que perpassa todas as publicações. Yin e Yang, Darth Vader e Luke Skywalker, quem são os dois perto desses ídolos da literatura de Facebook?

Milla: *Verdade, tenho muito orgulho que um ódio tão genuíno tenha nascido na minha "timeline".*

Sheila: *Que abuso roubar o chantilly do seu waffle, coisa de adolescente!*

Milla: *Adolescente transviado, né? Mesmo eu, com minha adolescência que já dura 20 anos, nunca fiz isso... kkk*

Adriana: *Não tenho maturidade pra ler esse livro kkkkkkk*

Milla: *Nem eu para escrever!*

Daniela: *No mínimo, na noite de autógrafos, o Luiz André vai ter que distribuir chantilly para todos!!!*

Milla: *Concordo. O meu eu vou comer num cantinho... kkkk*

Bruno: *Se ele já fez isso com chantilly, imagine com Nutella?*

Milla: *Esse homem é perigosíssimo. Não abro mais nem um Trakinas perto dele...*

Bruno: *hahaha. Lembrando do tempo que eu comia Trakinas sabor morango e primeiro devorava o recheio, tentando descolar o biscoito sem que os olhos e as bocas viessem juntos. Era quase uma intervenção cirúrgica.*

Milla: *Até o dia em que um esconjurado colocou farinha de trigo integral na receita...*

Bruno: *Eu parei de comer há muitos anos e não sabia dessa desgraça! Meu Deus! Tomara que não estraguem o Oreo...*

Milla: *Daqui a pouco vão querer tirar o pó do Miojo. Sinceramente, não sei aonde o mundo vai parar.*

Bruno: *Em um mundo onde existem pessoas que não gostam de bacon, tudo é possível. #somostodosmiojo #baconévida #quemestragouotrakinas*

Simone: *Muito ansiosa por esse livro! Fico pensando que nós, neuróticos estilo Woody Allen, com quem as mais inusitadas coisas acontecem, seremos* *vingados em suas crônicas como somos nos filmes dele. Sim, pessoal, essas coisas loucas acontecem conosco, de verdade! Hahahahahahaha*

Milla: *Apenas nas minhas crônicas e nos filmes de Woody Allen os neuróticos saem triunfantes... kkk*

Kamilla: *Obaaa!!! Foi o dia em que te vi* 👏

Milla: *Pior que você comentou que eu parecia conservada em formol, reforçando a tese do homem de que eu estava igual a uma adolescente.* 😂😂

Kamilla: *hahaha falei de forma elogiosa* ♡🙏

Milla: *Diferentemente de uns e outros... kkkk*

Cláudio: *O problema de comentar num "post" assim é que todo mundo vai saber que sou neurótico....*

Milla: *Assume logo. Assim, seremos eu, você, Simone e Woody Allen.*

o palhaço

Eu devo ser uma pessoa horrível. Hoje estava andando pelo Centro do Rio quando veio, na minha direção, um homem vestido de palhaço, com uma camisa onde se lia “me abrace”. Já prenunciando a tragédia, dei um passo para o lado, para sair da reta. Ele fez o mesmo e continuou na minha direção. Diminuí, então, a marcha, na esperança de que alguém se interpusesse entre nós, mas ele vinha decidido e cada vez mais rápido. Numa certa altura, abriu os braços e, quando vi que era iminente o abraço daquele homem desconhecido e suado, berrei com desespero genuíno: “Moço, pelo amor de Deus, não encosta em mim!”. Ele encostou (já estava muito em cima), mas recuou como se tivesse levado um choque, constrangido com meu berro. Coitado, fiquei morrendo de pena. Mas se ele quer fazer as pessoas felizes tem que distribuir dinheiro na rua, e não abraços.

Saulo: *Credo! Que monstro! (Sou seu fã.) kkkk*

> **Milla:** *Monstro? Ele ou eu?* 🤔
>
> **Saulo:** *Você! Mas ninguém é obrigado a nada, só em nome da lei, né? Rs*
>
> **Milla:** *Então dá você um abraço naquele senhor!*
>
> **Saulo:** *Dispenso! kkkk*

Pillar: *Jesus do céu! Eu agonizei em cada linha. “Grazadeus” o abraço não foi consumado. Que a luz da consciência nos livre de abraçantes gratuitos.*

> **Milla:** *Esses hippies não são mole... kkk*

Juliana: *Kkkkkk Obrigada por compartilhar! Agora andarei muito mais atenta!*

> **Milla:** *Senti que era utilidade pública.*

Bárbara: *Eu tenho medo de palhaços e não abraço desconhecidos na rua (aliás, em lugar nenhum!). Eu ia surtar!* 😂😂😂

> **Milla:** *E eu atraio essas coisas. Uma vez um mendigo sujíssimo me abraçou no ônibus. E eu fiquei com medo de retaliação divina, então abracei o sujeito também. kkkk*
>
> **Bárbara:** *Acho que é por isso que o meu filho mais velho resolveu ser ateu. De tanto que eu falava “ó, Deus castiga, hein!”. Traumatizei o menino!* 😅

Dircinha: *Coitado... Mas de repente era um assaltante. Nesse abraço, levava sua carteira e seu celular.* 😂😂😂

Milla: *A minha hipótese de trabalho é que o monstro era ele...*

Luis: *Da próxima vez, abraça, mas abraça forte! Transforma tua roupa numa espécie de sudário com o suor daquele palhaço, na maior prova de amor fraternal em meio a todos. Ahahaha*

Milla: *Olha, nessas horas, a gente fica até com dúvidas se almeja mesmo o paraíso...*

Carlos: *Tem um cara que trabalha no mercado aqui perto de casa que adora conversar, e eu me sentia mal porque o odiava. Sempre tento evitá-lo a todo custo (mesmo ele sendo um cara gente boa e de bem com a vida). Obrigado, porque agora me sinto mais humano depois dessa sua atitude. kkkkkk*

Milla: *Eu tenho um sonho: de que todos os chatos sejam pessoas más. Assim podemos odiá-los sem qualquer remorso.*

Ana: *Eu sou assim também com os vizinhos fofoqueiros que ficam sentados no portão ao lado, esperando uma vítima passar para alugar o seu tempo. Eu já chego dizendo: "Oi, fulana! Boa noite! Se cuida. Tchau". Pensei que fosse a pior pessoa do mundo por agir assim. KKK*

Gisele: *Confesso que faria a mesma coisa.*

Milla: *A humanidade não tem salvação...*

Cláudio: *Devia ser um palhaço do MST, para querer invadir assim a tua propriedade corporal...*

Adriana: *Eu gritaria: "Meu corpo, minhas regras"! kkkk*

Marcia: *Eu te acho fofa.*

Milla: *Também sempre achei isso, mas esse palhaço capeta me deixou com dúvidas...*

resiliência

Vocês certamente já ouviram a palavra "resiliência". Eu tenho muita irritação com essa palavra, assim como tenho irritação com todos os termos que viram moda e passam a se aplicar a tudo na vida. Mas devo confessar: ontem minha capacidade de resiliência foi testada ao limite. Tudo começou, não na Ilha do Sol, mas no Banco do Brasil. Como não estava conseguindo transferir pelo aplicativo o dinheiro da conta salário para a conta corrente, fui até a agência. No caixa eletrônico isso é uma operação bem simples, então estava confiante de que resolveria a questão em dez minutos. Chegando ao banco, já me deparo com uma fila quilométrica, daquelas que fazem caracol. Descubro que a confusão se deve ao fato de algum desocupado ter sabotado TODAS as máquinas, enfiando papeizinhos dentro do lugar de inserir o cartão. Continuei naquela megafila, afinal, segundo o funcionário, o cartão é desnecessário para quem tem biometria. Depois de sabe-se lá quanto tempo, chega a minha vez. Eu procuro na parte de transferência a operação conta salário / conta corrente e nada. Olho umas três vezes todo o menu de opções. Em vão. Vou novamente até o funcionário e pergunto o que há de errado e ele me informa que o acesso por biometria provavelmente não conta com esta operação. Respiro fundo e tento não ter ódio do funcionário, do banco, nem mesmo do desocupado dos papeizinhos. Penso em subir até o atendimento para resolver o problema, mas já está na hora de buscar Benjamin para o Sérgio poder trabalhar. Dali a pouco, volto ao banco com o pequeno. Ao passarmos pela porta giratória, claro, é detectado algum objeto de metal. Mas qual seria? Estou com duas bolsas repletas de quinquilharias, minhas e de Ben, que, por estar descalço, carrego em meu colo, tornando ainda mais difícil a inspeção nas bolsas. O guarda diz para eu colocar os objetos metálicos no buraquinho ao lado, mas muda de ideia frente ao meu olhar de desespero. Pede para eu abrir a bolsa, a fim de que ele dê uma olhada. Coloco Benjamin para um lado, a bolsa para o outro e, mal abro o zíper, aparece uma tesoura gigante. Sem graça com meu potencial de psicopata aos olhos do guarda, falo: "Talvez seja este o objeto de metal". Coloco a tesoura no buraco e tento passar de novo. "A porta detectou objetos de metal", informa a maldita voz eletrônica. Não tenho forças de vasculhar as bolsas, tampouco coragem de pedir um "refresco" para o guarda. Ele, com pena, me dá uma chave e manda colocar meus pertences dentro de um armarinho. Minha sorte parece, com isso, ter mudado e subo com Ben para o atendimento. Assim que sento, me dou conta de que o sapato da criança ficou dentro da bolsa. O chão, pelo menos, era carpete, então resolvo ignorar o julgamento da sociedade e deixo o garoto ficar correndo de um lado para o outro, descalço, que nem um hippie. Depois de algumas voltas, ele repentinamente para e fala: "Mãe, cocô". "Segura!", eu grito desesperada, e ele me responde com um riso zombeteiro: "Eu já fazi". Abro a calça e vejo aquela diarreia cremosa começar a descer pelas pernas. Sabe quando o médico faz um torniquete para estancar o sangramento? Então, seguindo a mesma lógica, eu pego Ben no colo e o seguro com força nas pernas para que dali o cocô não passe. Desço correndo até o armário onde estavam as bolsas e pego uma calça nova e uma caixa de lenços umedecidos. Pergunto onde é o banheiro e o guarda, compadecido com a minha saga, aponta para o andar de cima. Subo novamente e, assim que chego ao piso superior, toca o sinal luminoso com o número da minha senha. De um lado, a chance dourada de ser atendida logo e resolver aquele problema que já havia me tomado a manhã inteira. De outro, a criança no meu colo, com um torniquete de cocô. Talvez apenas as mães desesperadas compreenderão quando eu disser que, apesar de todos os pesares, decidi ir até o atendente, sem, é claro, afrouxar o torniquete. Sento na mesa dele, com aquele cheiro macabro empesteando todo o ambiente. Benjamin já anuncia, sem qualquer constrangimento: "Moço, eu fazi cocô". E eu completo: "É por isso que estou morrendo de pressa!". Me nego, neste momento, a ter vergonha. A culpa daquela situação é do banco, do funcionário, do desocupado dos papeizinhos... Eu sou apenas uma vítima da sociedade. O homem resolve a questão com uma presteza inédita e me leva até o banheiro. Nesta hora, tenho consciência de que chegou o ponto crítico da minha jornada: limpar aquela bunda e aquela calça sujíssimas com recursos restritos. Elaboro mentalmente uma estratégia e ponho meu plano em prática. Uso uns cem lenços umedecidos até que a criança fique limpa, coloco a roupa nova e peço que ele espere quietinho enquanto passo para o nível dois: limpar a calça cagada. Tento ignorar o fato de que ele está com os pés descalços no banheiro do banco e foco na missão. Jogo o grosso do cocô na privada, mas a calça ainda tem muita bosta agarrada. Vou até a pia e começo a lavar a roupinha, mas a torneira é daquele tipo que você aperta e sai um jatinho fraco, que logo acaba. A verdade era dura e precisava ser encarada: eu teria que colocar a mão na massa, ou, literalmente, na merda. Respirei fundo pela décima vez e foquei novamente na missão, ignorando agora que Ben pulava de um lado para o outro do banheiro. Quando a calça atingiu um mínimo de decência, enfiei dentro de um saco e joguei sabonete líquido na pia para tentar disfarçar a cena do crime. Os cem lenços umedecidos sujos de cocô, no entanto, eram vestígios indeléveis do que havia ocorrido. Saí de cabeça erguida, deixando para trás o banheiro com um cheiro surreal e levando uma calça meio limpa, meio cagada, além de uma criança com os pés mais infectados do planeta. E definitivamente este é o meu conceito de resiliência.

Jordan: *Cara, eu, no teu lugar, teria isolado a calça suja dentro da última lixeira do banheiro e fingiria que nada aconteceu. Daí você sairia do banheiro falando: "PORRA... MORREU ALGUÉM ALI DENTRO. NÃO É POSSÍVEL". Pronto, você estaria livre de qualquer crime.*

> **Augusto:** *Eu também. Isola o problema e depois vê o que rola, mas tem um porém: se fosse a calça preferida do Benjamin? Como ele ficaria depois de saber que nunca mais a veria outra vez?*
>
> **Jordan:** *Só falar que a calça está lavando... por semanas... até comprar outra.*
>
> **Milla:** *Eu considerei muito seriamente jogar a calça fora, mas por uma questão ética desisti, pois sabia que o ambiente ficaria inabitável pra sempre. Depois que vi o efeito devastador dos lenços umedecidos, fiquei me sentindo totalmente idiota.*
>
> **Jordan:** *Você poderia pensar dessa maneira, ou poderia pensar "Benjamin fará história neste banco. Todo mundo que entrar nesse banheiro vai saber dele".*
>
> **Milla:** *Acho que iam colocar uma foto nossa na porta do banco proibindo a entrada. Kkk.*
>
> **Dircinha:** *Teria feito o mesmo que Jordan. Chorando de rir e agrade-*

cendo ao bom Deus por não estar junto.

Jordan: *É tudo questão de sobrevivência e de manter a dignidade. Ninguém jamais descobriria que o futum veio de mim (meu filho, no caso) kkkkkkkk.*

Milla: *Esta estratégia só é possível se o filho não grita aos quatro cantos do mundo "eu fazi cocô".*

Claudia: *Eu estou chorando de rir e não é pouco. Histórias envolvendo cocô são sempre ótimas. Kkkkkk.*

Milla: *São péssimas de se viver e ótimas de se contar! Kkkkkk.*

Fabiana: *Depois da sua resiliência, a melhor coisa da história é "eu fazi".*

Carlos: *Essa história você deve guardar para jogar na cara do seu filho sempre que quiser que ele faça algo por você no futuro. Foi assim que minha mãe me criou, um equilíbrio perfeito entre culpa e ameaça.*

Milla: *Guardar para o futuro? Quando chegamos em casa e ele não quis tomar remédio, joguei logo na cara. Tomou rapidinho. kkk*

Carlos: *Se eu fosse você, Milla, teria tirado a calça, amarrado as pontas de modo a fazer um pequeno saco de cocô, jogaria na lixeira e sairia correndo.*

Milla: *Se você visse a bunda e as pernas dele não daria essa sugestão.*

Carlos: *Limpava ele, mas largava a calça lá.*

Milla: *Gente, a lixeira era uma caixa de papelão aberta e ficava no lugar onde as pessoas tiram o seu sustento. kkk*

adriana

Eu juro para vocês que não entendo estas pessoas que recorrem à magia negra para se vingar dos inimigos. Gente, o mundo moderno oferece tantas formas de se torturar alguém... Uma coisa que se pode fazer, por exemplo, é abrir um crediário na Marisa e, no cadastro, colocar o número do desafeto. Quando a loja perceber que as parcelas não foram quitadas, um telefone com DDD 85 vai ligar TODOS OS DIAS, entre 6h e 22h, para o número cadastrado. Não importa que você repita mil vezes que não é Adriana; não importa que você peça para tirar seu número do cadastro; não importa que você nunca tenha posto os pés na Marisa; não importa que você diga que tem filho pequeno e que os telefonemas o acordam; não importa que você aja de forma simpática, raivosa, deprimida, louca ou obstinada; não importa que você diga que vai matar a próxima atendente que te ligar e toda a família dela. Eles vão continuar te ligando. Das 6h às 22h. Para sempre.

Tailine: *E essa Adriana deve ter uma ficha quilométrica no SPC, porque sempre procuram por ela aqui em casa também. kkkkk*

Milla: *Ou Adriana é nome de caloteira! kkkk*

Jacky: *Bem tenso... "Invocação do mal" é mais leve que isso. Já assistiu, prof?*

Milla: *Vou assistir para relaxar depois que me ligarem de novo...*

Jacky: *Acho que vai ajudar... kkkkkk*

Larissa: *Alou, inimigos! Prefiro a magia! Rs*

Milla: *Mil vezes! kkkkkkk*

Fernanda: *Me ligam sempre perguntando se sou Iramaia. Olha o nome..... Iramaia.*

Milla: *Iramaia é pesado mesmo. Ela se vinga do mundo dando calote por aí...*

Cauê: *No meu caso ligam para um tal de Odailsom, que está endividado no país inteiro! Eu chego no Brasil, coloco o chip da TIM e aí começa... ligação todo dia!*

Cláudio: *Mais amor no coração, Milla. Nem o diabo engendraria uma coisa assim...*

Dircinha: *Fala que vai chamar Adriana e coloca uma musiquinha para a mulher ouvir.*

Milla: *Meu Deus, você é pior do que eu! kkkk*
Cláudio: *Vou botar o joelho no chão por vocês.*
Milla: *É só o que te peço...*

em terra de cego...

Como eu trabalho no Centro da cidade, minha mãe vive me pedindo para comprar "aquele negócio de desentupir fogão". Esta semana, após o almoço, avistei uma banquinha cheia de bugigangas. Me aproximei e dei aquele confere nos itens expostos para tentar achar o que procurava. Logo encontrei, mas como nunca havia comprado nem usado esse troço, perguntei ao ambulante se ele tinha o produto, só para confirmar que compraria a coisa certa. Ele respondeu que sim e ficou um tempo mexendo nos objetos à venda, como se procurasse o tal do desentupidor, embora estivesse na sua cara, em cima de uma pilha de cotonetes. Quando finalmente encontrou, tateou os cotonetes até pegar finalmente o item que buscava. O camelô usava óculos escuros e levantei a suspeita de que ele fosse cego. Mas, convenhamos, se sobreviver como ambulante já é difícil, imagina tendo que contar com a honestidade alheia para não ser roubado por todos os lados? Como ele saberia, por exemplo, quais objetos os clientes estariam levando? Ou como iria conferir o pagamento? Me ocorreu, então, que talvez na banca só tivesse produtos de dois reais, o que resolveria ao menos o perigo de receber uma nota de dois no lugar de uma de dez. Como vocês sabem, sou uma pessoa terrivelmente curiosa. Tentando solucionar o caso, peguei um adaptador de tomada e perguntei: "Quanto custa este adaptador?". "Cinco reais", ele respondeu, jogando por terra a hipótese que eu tinha acabado de formular. Não me deixei abater e questionei em seguida: "Este adaptador aqui que é cinco reais ou é o outro?". O ambulante respondeu: "O menor é cinco e o maior, dez". "Safado", pensei comigo mesma. Falei que levaria o adaptador também e o suposto cego me disse que tudo ficaria em sete reais. Entreguei a ele quatro notas de dois, doida para ver como receberia o dinheiro e como me daria o troco. Ele pegou as quatro notas, enfiou no bolso e agradeceu, como se a transação estivesse encerrada. "Falta um real de troco", informei, culpada por cobrar um real de um ambulante velho e talvez cego, mas considerando aquele gesto de mesquinharia como a última oportunidade de confirmar ou descartar as minhas suspeitas. Ele enfiou novamente a mão no bolso, tirou um monte de moedinhas e, estendendo a mão, falou: "Pega aqui um real". Tentando amenizar o peso na minha consciência, escolhi uma moeda de 25 centavos e agradeci, com a certeza de que o camelô era cego, mas com a séria desconfiança de que eu não sou uma boa pessoa. 😂

Valdenia: *Eu continuo na dúvida se o velho era cego, porque tem uns velhinhos camelôs que são terríveis. kkkkkk*

Milla: *Poxa, agora estou aqui pensando que deveria ter pego duas moedas de um real para ter certeza mesmo de que era cego!*

Valdenia: *Pois é, caso ele não falasse nada, você devolveria. Acho que não sou uma boa pessoa. kkkkkkk*

Milla: *É sempre uma alegria encontrar alguém pior do que eu! (Vamos lá semana que vem comprar qualquer coisa e dar dinheiro a menos?)*

Cláudio: *Milla, o domínio do fogo, atualmente representado pelo fogão, é o que faz a diferença entre a barbárie e a civilização. O domínio do fogo na pré-história é que inaugura a história. Quando Dircinha te pede para encontrar "aquele negócio de desentupir fogão" está, na verdade, dando a você a incumbência mais importante de toda a história da humanidade...*

Milla: *E, pelo visto, eu não estive à altura de tão nobre missão...*

Cláudio: *Mas, como disse Lévi-Strauss em "O cru e o cozido", onde trata de coisas semelhantes: "O sábio não é o homem que fornece as verdadeiras respostas; é quem faz as verdadeiras perguntas". Enganando ceguinhos ou não, o importante é continuarmos a nos fazer perguntas.* 🤣🤣🤣

Dircinha: *Mas ela não enganou o ceguinho, queria saber se o homem estava enganando ser cego.* 😂😂😂

Milla: *Obrigada pelos esclarecimentos, mãe!*

Matheus: *Milla, cada nota tem um tamanho diferente da outra em função do valor. Os cegos usam e abusam desse fato com o maior desembaraço e nós nem percebemos hahahahahaha*

Milla: *Ahh... Então é assim que o cego prospera com a sua banquinha...*

Matheus: *A maior parte deles dá de dez a zero em mim nessa parte prática da vida!*

Milla: *E eu... sou tão ruim de conta que finjo conferir o troco, mas nunca consigo saber se está certo. Kkkk*

indesgrudável

Perto do meu trabalho tem um restaurante "chinês" com condições sanitárias bastante questionáveis, onde almoçamos com frequência devido, principalmente, à deliciosa banana caramelada que ganhamos de brinde. Mas, como a marca do restaurante é a pobreza, a banana vem num guardanapo, o que compromete toda a parte de baixo da sobremesa. O raio do guardanapo gruda no caramelo de uma tal maneira que é impossível desgrudar. Já tentei raspá-lo com a faca, com o garfo e até com a unha, mas aparentemente a união que ali se dá é indissolúvel. E é engraçado porque vira e mexe eu me vejo nesta situação de desgrudar o indesgrudável. Recuemos no tempo. Há alguns anos, um aluno me presenteou com um livro e disse que o havia comprado numa livraria com preços populares. Acabei me tornando assídua do lugar e toda vez que vou lá dou uma peneirada e compro livros para mim e também para os outros. Uma vez encontrei uma peça do Cortázar pela bagatela de dois reais. Fiquei eufórica e comprei logo três: um para mim, outro para o meu sogro e mais um para qualquer amigo que o merecesse. Cheguei em casa feliz, contando sobre a ótima aquisição que havia feito. Sérgio ficou satisfeito, mas me mandou tirar a imensa etiqueta em que se lia "R$ 2,00", porque, segundo ele, o preço talvez fizesse o pai achar que o presente era vagabundo. Concordei e, com a unha, fui desgrudar. E foi aí que começou a minha desgraça. A etiqueta havia se tornado parte inseparável do livro. Era um grude indesgrudável. Depois de uns 40 minutos raspando com a unha, tudo o que eu havia conseguido desgrudar era algo como 2% da etiqueta, mesmo assim, deixando no livro um monte de arranhões. Fui mudando a técnica para obter melhores resultados: tentei raspar com faca, com gilete e nada; passei algodão com álcool, com acetona, com solvente, sem qualquer resultado. Só havia duas opções: deixar a etiqueta ou fazer um buraco no livro. Lembramos, no entanto, do livro que o aluno tinha dado. Pelo que eu me recordasse, não havia etiqueta nele. Fomos conferir e, de fato, a etiqueta não estava lá, embora as marcas da luta permanecessem no livro sob a forma de pequenos rasgos e muitos arranhões. Bom, pelo menos a tarefa era possível, embora o resultado fosse meio tosco. A partir de então, passei a ver televisão sempre descascando a etiqueta. O problema é que os dias se passavam e eu ainda nem havia chegado na metade. Além disso, toda a operação estava destruindo a minha unha. Comuniquei ao Sérgio minha intenção de desistir do presente, mas ele cismou em executar sua ideia "genial". Pegou, então, outro livro cuja etiqueta não havia sido semidescascada e, com a caneta, fez o símbolo do euro por cima do R de real. Com isso, o pai acharia que aquilo era um produto importado e não ficaria com a impressão de ser um troço vagabundo. Só vendo para entender como o remendo ficou grosseiro e malfeito, mas não resisti: dei o livro assim mesmo para ver se o sogro perceberia. Ele ficou felicíssimo com o presente e, quando perguntou por que o preço estava em euro, eu explodi numa crise de riso e precisei contar toda a verdade. Ele caçoou do preço e desdenhou do valor do presente, mas também se tornou cliente da livraria. Recuemos, agora, uns 15 anos. Era casamento da minha prima e eu namorava um cara tão ou mais relaxado do que eu. Como eu sabia que era uma ocasião formal, dei mil recomendações sobre o vestuário, para que não passasse vergonha. Ele apareceu bem vestido, mas mal saímos do carro e a sola do seu sapato descolou. Já estávamos em cima da hora, então a opção de voltar para Niterói e trocar o sapato estava fora de cogitação. Vimos um posto de conveniência perto da igreja e fomos até lá para ver se vendia Super Bonder ou algo do tipo. Para a nossa sorte, encontramos a cola. Ele passou na sola uma quantidade abundante e esperou um momento para fixar. Depois de alguns segundos, estava na hora de testar se o procedimento havia sido bem-sucedido, e percebemos que o sapato estava irremediavelmente colado no chão. Que cena! Dois jovens vestidos em trajes finos tentando desgrudar um sapato do chão da loja de conveniência. Puxamos muito, recorremos a várias estratégias, todas fracassadas. Eu já estava resignada a perder o casamento e ele, o sapato, mas, antes de partirmos, decidiu dar um puxão do tipo "tudo ou nada". O sapato veio, embora um pedaço da sola tenha ficado no chão. E foi assim que chegamos ao evento: ele com um sapato meio sem sola e eu, suada e descabelada. Agora, você acha que acabou a minha luta contra o indesgrudável? Pois pode recuar uns 20 anos. Um belo dia, não sei como, descobrimos que sobre o piso da casa da minha mãe havia uma imensa camada de cera cristalizada, que tornava a superfície feia e escura. Raspamos um pedaço e, sob a cera, o chão foi se revelando nas suas cores originais. Eu, minha mãe e minha irmã assumimos como missão desgrudar essa camada escura, tarefa hercúlea, tendo em vista o tamanho da sala e o grau de união entre a cera e o piso. Toda noite, na hora da novela, deitávamos no chão, raspando-o com os apetrechos que considerávamos mais apropriados (faca, garfo, unha ou qualquer outro utensílio pontiagudo que encontrássemos pela casa). Competíamos para ver quem desgrudava o maior "dinossauro" (era como chamávamos grandes pedaços de cera). À medida que o tempo passou, os dinossauros foram se extinguindo, sobrando apenas umas ceras impossíveis de serem descoladas. Aos poucos, o passatempo tornou-se um pesadelo, porque ninguém aguentava mais aquela tarefa impossível, mas já não podíamos desistir, porque agora metade do chão estava clara e a outra, escura. Não lembro agora de outros episódios, mas tenho certeza de que se eu recuar ainda mais no tempo descubro a luta contra o indesgrudável na minha infância ou até em outras encarnações...

Jordan: *Uma dica: da próxima vez que o episódio "banana caramelada" se repetir, finge que é um Trident, cujo papel é feito de arroz e pode ser mascado junto.*

Milla: *Mas o papel do Trident é de arroz?* 🤔

Simone: *Ontem eu e meu filho (ideia dele) resolvemos tirar o papel de parede do quarto dele. Se soubesse tinha te chamado! Durou o domingo inteiro, com dois intervalos: votar e comer! Resultado: todas as unhas quebradas e uma parede parcialmente destruída.* 😐😐

Milla: *O mal dessas coisas que grudam é que elas nos iludem de que são facilmente desgrudáveis...*

Simone: *É só puxar e... ferrou!!* 🙈🙈

Gabriela: *Da infância: o papel da bala Juquinha. Indesgrudável!* 😨

Milla: *Nossa... primeiro ela grudava no papel, depois no dente! Kkkk*

Gabriela: *Verdade! Grude duplo! Kkk*

estica-e-puxa

Dia desses Benjamin foi comigo ao seminário internacional promovido pela La Salle para que eu pudesse apresentar um trabalho. Como Sérgio era o coordenador do grupo, eu não tinha com quem deixar o pequeno, então o carreguei comigo, dando, no carro, todas as recomendações possíveis e imagináveis sobre como se comportar durante o evento. Ele concordou com os termos da nossa missão e então prosseguimos. As pessoas acharam muito fofo quando apareci com aquele anjinho loiro, de cabelos encaracolados, para apresentar um trabalho escrito por mim e pelo pai dele. Na hora de ler o texto, Ben quis subir comigo no tablado, sentou no meu colo e ficou quietinho enquanto eu palestrava. Estava orgulhosíssima, porque ele se mostrava supercompenetrado, sem falar nada ou sem ficar se mexendo, comportamento raríssimo, por sinal. A certa altura, percebi que todos os olhares se voltavam para a criança e apenas Sérgio parecia ainda se concentrar na minha fala. "O tema é ótimo, mas é impossível ser mais atraente do que meu filho, né?", brinquei com a plateia, que riu, mas com algum constrangimento. Senti um clima estranho no ar, mas não consegui captar o que estava rolando. Até que vejo Sérgio colocar os óculos, dar um pulo e vir em minha direção. Ele pega o Ben e é quando esclareço todo o mistério: o garoto estava com o pinto de fora, brincando de "estica-e-puxa". Não sabia se ficava com vergonha ou com vontade de rir. Na verdade, acho que ambos eram inevitáveis.

Jordan: *Fiquei esperando ele virar e dizer: "Eu fazi".*

Augusto: *Eu ia falar isso. kkk Estava esperando o "eu fazi"...*

Bárbara: *Pensei a mesma coisa.*

Adriana: *Kkk Juro que eu também.*

Dircinha: *Estão achando que meu neto é o maior cagão, né?*

Jordan: *Apenas uma pessoa com uma excelente flora intestinal.*

Milla: *Na verdade, crianças podem ser bem criativas, inventando novas formas de nos fazer passar sufoco!*

Jordan: *Se não rolar constrangimento, então fez errado.*

Augusto: *Seria até estranho se ele não aprontasse algo dessa vez. Rsrs*

Adriana: *Eu tinha certeza de que ele iria falar "eu já FAZI".*

Milla: *Quem dera ele fosse tão previsível...*

Adriana: *Se fosse... não seria o Ben. Kkkkkkkkk*

Julia: 😂😂😂😂😂 *Devo confessar que pensei no "eu fazi" também!*

Milla: *Mas se fosse o "eu fazi", eu sentiria o cheiro. kkkk*

Julia: *Achei que o constrangimento das pessoas fosse exatamente isso.* 😂😂😂

Milla: *A travessura era mais capciosa...*

Cláudio: *Ah, Milla, ele só demonstrou quem é que manda em casa...*

Milla: *Bom, nas instruções dadas nada foi dito sobre nudes, então, em princípio, ele não me desobedeceu! kkkk*

Cláudio: *O nudes é detalhe. O importante é que ele dominou a plateia. kkkkkk*

Milla: *Vou considerar adotar metodologias do gênero nas minhas aulas...*

Luis: *Suas palestras não eram tão divertidas na minha época de La Salle!* 😂😂😂

Paola: *Tipo: Sérgio colocando os óculos para se certificar se o que estava vendo não era uma alucinação!! Kkkkk! Crianças são demais! Nenhum pudor...*

Milla: *Sem os óculos, ele devia estar vendo uma movimentação estranha, porém embaçada. kkkk*

a unha

Esta semana, eu tinha uma consulta na dermatologista. Já prevendo a demora habitual na sala de espera, escolhi na minha biblioteca um bom livro e comprei uns croissants de chocolate na Beira Mar para viver aquele momento mágico de "leitura + comida". Entreguei a carteirinha do plano para a atendente e fui logo me acomodando no sofazinho, que tinha até uma almofada para eu me recostar. As perspectivas pareciam ótimas, quando adentrou no recinto uma daquelas representantes de laboratório farmacêutico. Tenho um pouco de irritação com essas pessoas, que, em geral, chegam depois da gente no consultório e sempre são atendidas antes. Mas meu livro e meus croissants me permitiriam suportar quaisquer 20 minutos a mais que passasse ali. A moça sentou do meu lado com aquela maletinha cheia de tranqueiras e puxou um tablet. Nisso, eu já tinha aberto meu livro no ponto e estava prestes a pegar o primeiro croissant, quando a representante começou a digitar no tablet dela. Só tinha um detalhe: como ela digitava na tela, as unhas – imensas, por sinal – faziam um "tlec tlec tlec" insuportável, digno da mais perversa tortura chinesa. Lancei um olhar demorado para aquelas malditas mãos barulhentas para que ela se tocasse da inconveniência, mas o "tlec tlec tlec" continuava persistente. Lancei mais um olhar para as mãos e outro para a cara. Nada. Novamente, outro olhar para as mãos e mais um para a cara. Sem resultados. Comecei a roer minhas unhas, fazendo uma espécie de "tlec" com os dentes para ver se ela compreendia a indireta ou, pelo menos, se eu conseguia também irritá-la. Mas nada abalava a desgraçada. "Por que, Deus, ela não tecla com o centro do dedo ou com a lateral? Ou, já que gosta de digitar assim, por que não corta aquelas unhas de Zé do Caixão?". Depois de inúmeras indagações rondarem minha mente, resignei-me a tentar ler, sem comer o croissant. Afinal, o momento mágico havia morrido no instante em que aquelas unhas cruzaram o meu caminho. Li o mesmo parágrafo três vezes e me perguntei a quem eu estava querendo enganar: nada poderia prevalecer sobre um "tlec tlec tlec" tão sonoro e contínuo. Nem Shakespeare. Fechei o livro e peguei o celular para me distrair, mas, na verdade, só me perguntava se eu era absolutamente neurótica ou se a representante é que era uma monstra, sem qualquer respeito pela humanidade. Intuí no meu coração que uma coisa não excluía a outra e comecei a tentar me consolar com o fato de que as tranqueiras dentro da maletinha provavelmente seriam amostras grátis, daquelas que adoro ganhar dos dermatologistas. Não sei quanto tempo levou essa espera insuportável, mas, para a minha surpresa, a médica acabou por me chamar antes da unhuda. Como se pressentisse todo o sofrimento pelo qual eu tinha passado, me encheu de amostras grátis. Saí feliz do consultório, dando um salve geral para os outros pacientes, "tchau" para a atendente e "bom trabalho" para a barulhenta – e carregando seis sabonetes e três cremes, daqueles que são uma fortuna na farmácia. Estava tudo perdoado.

Jordan: *A melhor parte foi o plural em "croissants".*

Milla: *Sempre no plural. <3*

Dircinha: *Se escrever croissant já é difícil, imagine o plural.*

Jordan: *Milla, você deveria ter dado aquela tossidinha básica para a pessoa se tocar... Ou então pegar o tablet e dar na cabeça dela. Sempre dá certo nos filmes.*

Milla: *Fantasiei essa cena na minha cabeça pelo menos umas 30 vezes enquanto esperava.*

Jordan: *E o que faltou para o "grand finale"?*

Milla: *A esperança de ganhar amostras grátis.*

Jordan: *"Mission accomplished".*

Fernanda: *Quero o contato dessa dermato.*

Milla: *Acho que ela só dá tanta amostra grátis quando lê o sofrimento no rosto da pessoa.*

Fernanda: *Vou chegar lá com cara de tristeza absoluta. Amo amostras... hahaah*

Luis: *Teu perdão custa caro! Ahahaha*

Milla: *Perdoar é um dom, mesmo quando se cobra um preço pelo perdão...*

Marcela: *A melhor parte é a pessoa se empanturrar de croissant de chocolate e achar que a dermatologista vai resolver os problemas.* 😂😂😂😂

Milla: *Ué, ela estudou para isso! kkk*

danone

A maior parte dos meus amigos conhece meu passado de militância na causa animal. O que poucos sabem é que, por um curto período de tempo, assumi na Prefeitura de Niterói o cargo de coordenadora de proteção animal. Tratava-se de uma função política, pouco compreensível para o público em geral. Assim, eu sempre recebia telefonemas e e-mails desesperados sobre animais abandonados, doentes ou em situação de risco, e nada podia fazer a respeito. Uma vez, no entanto, uma pessoa me telefonou falando que havia um gato preso há mais de uma semana em uma casa vazia e que sua dona, uma senhora de idade, estava desesperada sem poder resgatar o bichano. Embora aquilo não tivesse absolutamente nada a ver com a minha função, considerei que, talvez, pelo fato de eu ser da Prefeitura, conseguiria mobilizar alguma autoridade para resolver a situação. Chegando ao local, compreendi que o quadro era um pouco mais complexo. Não sei se vocês já viram nos "Simpsons" uma personagem chamada Eleanor Abernathy, mais conhecida como a Louca dos Gatos: uma velha doida que fala coisas incompreensíveis e tem uns 300 bichos, todos amontoados em casa. Pois então, a tal da senhora que precisava de ajuda era a prova de que a vida imita a arte e ali, na minha frente, estava a versão não fictícia de Abernathy. Aquilo já me trouxe um mau pressentimento e logo a dúvida sobre a veracidade do sumiço do gato atravessou minha mente. Contudo, quem estava à frente do caso era uma protetora que parecia sã e que tratava a história da velha como fato. Ela me passou o telefone do dono da casa onde o bichano estava preso: o rapaz disse que morava na Região dos Lagos e que seria impossível ir até lá abrir o imóvel. Expliquei que nem eu pediria algo do gênero, mas perguntei se não tinha algum parente ou amigo que pudesse ir para que, com um chaveiro, abríssemos a casa e resgatássemos o gato, na presença de alguém da confiança dele. O rapaz descartou qualquer chance de acordo e dava mostras de impaciência com a situação. Começou, então, a reclamar da velha. Disse que, se eu era protetora de animais, deveria interditar a casa dela, que, aliás, incomodava a vizinhança inteira. Respondi que, se fosse o caso, ele também poderia procurar os meios legais para registrar sua queixa e que eu poderia, inclusive, ajudá-lo num momento posterior, mas que, naquele instante, se o gato não fosse retirado da casa, morreria. Ele não voltou atrás e então compreendi que o impeditivo para que se resolvesse a situação não era a distância em que se encontrava, mas seu próprio desejo de punir a vizinha pelo inferno de conviver, à revelia, com uma montoeira de animais. Ainda que eu pudesse compreender a reivindicação do homem, jamais poderia aceitar que o pobre do gato pagasse o pato. Disse então a ele que, caso realmente não pudesse ajudar, eu acionaria a polícia ou os bombeiros para que esses o fizessem. O rapaz, indignado, desligou o telefone e, enquanto tentávamos ligar para os bombeiros, apareceu uma viatura da polícia. "Foi você que chamou?", perguntei surpresa para a protetora, ao que ela respondeu negativamente. O policial desceu do carro, acompanhado de uma dessas garotas de classe média aspirantes a patricinha, e perguntou: "Quem é Milla Benicio?". Totalmente confusa, disse que era eu. O policial, então, me informou que a garota, irmã do sujeito da Região dos Lagos, tinha prestado uma queixa contra mim por querer invadir sua propriedade. Chocada, expliquei toda a situação ao PM, enquanto a aspirante a patricinha negava veementemente haver qualquer gato em sua residência. Propus que abríssemos a casa na presença do policial para que chegássemos a uma conclusão. Confesso que ser do time da Louca dos Gatos não era exatamente a perspectiva mais animadora do mundo e comecei a rezar para que, pelo menos em relação àquela história, a velha tivesse tido alguma sanidade. A garota, antipática, avisou que, sob hipótese alguma, a vizinha colocaria os pés em sua casa, e em seguida abriu a porta. Nenhum gato pulou instantaneamente para fora. Naquele momento, dentre todas as palavras existentes na língua portuguesa, apenas uma veio à minha cabeça: "Fodeu". A velha continuou a insistir que o gato estava lá dentro, e a protetora observou que talvez ele estivesse acuado. O policial, então, deu a ideia de que a aspirante a patricinha deixasse a dona do gato chamá-lo da porta, sem entrar na casa. Posso viver mil anos, mas nunca vou esquecer quando a velha chegou na soleira da porta e gritou a plenos pulmões: "Danoneeeeee!!!". A despeito do nervosismo da situação, ou talvez exatamente por isso, me deu uma vontade desesperada de rir daquele nome ridículo, o que consegui impedir a muito custo. Eis que um miado ressoa dentro da casa e aparece Danone, magro, famélico, e se taca no colo da sua salvadora, para o espanto de todos nós.

Uma vez que a dona da casa estava desmoralizada, entramos rapidamente na cozinha e reparei, em um breve relance, que o gato, para sobreviver e se distrair, havia feito a maior bagunça: pia aberta (sabe-se Deus como ele conseguiu isso), um pombo estraçalhado no chão, fios espalhados... Não quis nem imaginar como estariam os demais cômodos. Fui tratando de ir embora, sob as ameaças da aspirante a patricinha, dizendo que manteria a denúncia contra mim, e eu rebatendo, falando que abriria uma contra ela. Não preciso dizer que aquilo não deu em nada: eu, a patricinha e Danone só queríamos esquecer aquele dia ruim.

Jordan: *RI COM FORÇA aqui com o "Danoneeeee". huahauauaua*

Milla: *Danoneeeee foi um dos momentos mais memoráveis da minha vida! kkkkk*

Jordan: *Mas até que é um nome bonitinho para um gato.*

Milla: *Achei meio ridículo. Não sei se tive essa impressão por se tratar de um gato lutando pela sobrevivência. Talvez Rambo caísse melhor.*

Jordan: *Devido ao fato de ele ter utilizado a pia, acho que MacGyver seria mais adequado.*

Milla: *Concordo. Falta saber se ele abriu a pia com um grampo de cabelo. kkkk*

Jordan: *Nunca saberemos, e isso é o mais triste!*

Milla: *Mas sempre podemos imaginar... (Estou imaginando aqui ele dando uns tapinhas na torneira até abrir)*

Jordan: *Eu estou imaginado a cara dele quando vocês chegaram.*

Milla: *O alívio dele de comer outra coisa que não fosse pombo. Kkk*

Jordan: *Mas pombo é tão bom dentro do pastel...*

Milla: *Flango. kkk*

Jordan: *"Patel de falango". kkkkkk*

Milla: *Né?*

Sandro: *"Danoneeeeee" hahahahahahahahahahahahahahahahahahahah ahahahahha...*

Milla: *Tinha que virar meme. kkkk*

Luis: *Nem vou falar os nomes dos de lá de casa aqui! Ahahahaha*

Milla: *Ah, falaaaa!!! Eu nunca te pedi nada! kkkk*

Luis: *Dentro de casa: Tutti, Cenoura e Zampina. Fora tem o Stanislaw Pata Preta, Frajola, Pipoca, Charlie Chaplin etc...*

Milla: *Achei todos melhores do que Danone. kkk Só não entendi de onde surgiu este nome Zampina.*

Luis: *Ela tem a patinha esquerda torta... de nascença. Minha ex-namorada colocou esse nome porque "zampa" é tradução de "pata" ou "perna" em italiano e "zampina" é o diminutivo.*

Milla: *Ah, bonitinho. Bem mais chique e internacional do que Danone.*

Luis: *Mas eu gostei de Danone!* 😂😂😂

Milla: *Danone é uma marca. Tipo colocar o nome do gato de Coca-Cola.*

Fernanda: *Fã do Danone agora.*

Milla: *#somostodosdanone*

Adriana: *DANONEEEEE... Precisamos encenar essas crônicas. kkkkkkkkk*

Milla: *E quem vai ser Danone?*

Adriana: *Jordan, claro. Eu serei a velha...*

xampu

Sempre lavo o cabelo do Benjamin com um xampu de chá de camomila, que "limpa delicadamente e ajuda a acalmar". Meu sonho era que a Huggies divulgasse a fundamentação científica disso, porque eu ponho o Ben no banho supertranquilo e então começam as reviravoltas: dá ataque quando molho o cabelo dele, fica injuriado por lavar o pinto e, apesar de parecer odiar todas as etapas do banho, se revolta quando desligo o chuveiro. Tenho que contar 1, 2, 3 para ele vir se enxugar, coisa que faço com ele aos prantos, especialmente ao secar o cabelo. Ele pula na cama enquanto eu visto a camisa, rola quando coloco a calça e sacode os pés se tento pôr as meias. Por fim, despenteia o cabelo todo que acabei de pentear. Todos os dias passo o xampu e todos os dias é assim. Depois ele vai voltando ao normal, como se ficasse enlouquecido apenas sob o efeito do xampu tranquilizante. Alguma teoria interessante sobre esse fenômeno?

Jordan: *Substâncias ilícitas na composição química.*

> **Etienne:** *Melhor resposta.*
>
> **Milla:** *Acho que vou experimentar este xampu...*
>
> **Jordan:** *HAUAHAUAHAUAJAUAJAUAUA DIVIDE COM NOIS!*
>
> **Valdenia:** *Milla, se fizer esse efeito em você, passa para a turma usar às sextas-feiras, antes da sua aula.*
>
> **Milla:** *Acho que vou experimentar este xampu...*
>
> **Jordan:** *Comentário repetido? Acho que já está usando, hein?*
>
> **Milla:** *É incrível mesmo o efeito desorientador do xampu! Valdenia, sinto que nossas aulas de sexta ficarão bem mais divertidas! Kkk*
>
> **Valdenia:** *Também acho!*
>
> **Jordan:** *Polícia Federal já já tá batendo na porta de cada um aqui.*

Cláudio: *Uma erva que contém seu nome só pode ser muito perigosa...*

> **Milla:** *A origem etimológica é: "Come on, Milla". Depois, tornou-se uma palavra só.*

Larissa: *Não coloque a culpa no xampu. Luizinho também chora para entrar no banho e depois chora pra sair.*

Milla: *Alguém tem que levar a culpa...*

Jordan: *O que será que acontece se a gente beber esse xampu?*

Milla: *Medo.*

Jordan: *Acho uma experiência muito válida de se fazer.*

Milla: *Terça levo pra você!*

Jordan: *Vai fazer mal pro meu rim!*

Rafaela: *Acho que dá uma limpada legal nos órgãos... Se bem que, pelo relato, será que os órgãos se revoltariam uns com os outros sob efeito do xampu??*

Jordan: *Um bom tema para um TCC.*

Rafaela: *Vamos aprimorar os estudos... Milla, nos ajude nesse TCC.*

Jordan: *Malefícios e benefícios de se ingerir xampu e que consequências causaria na vida cotidiana. Estudo de caso: Benjamin.*

Milla: *Gostaria de ressaltar que Benjamin não bebe o xampu. Pelo menos não que eu perceba...*

Jordan: *Sabe nada, inocente!*

Milla: *"A ingestão de xampu e seus efeitos alucinógenos. Um estudo de caso do personagem Jordan".*

Jordan: *Só aprovo se você for a banca.*

Milla: *Eu sou a orientadora! Haha*

Cláudia: *Vira ele de bruços e segura firme.*

Maila: *Mãe, ele não é recém-nascido! Kkk*

Cláudia: *Mas vai que dá certo...*

Nathália: *Acredito que toda criança, sem exceção, tem essa fase. Com a Alice eu cortei um dobrado por quase um ano, o banho parecia sessão de tortura. Quando estiver com 3, quase 4, passa!*

Lilian: *A minha começou com 5 a não querer entrar no banho, é um desespero para ela entrar.*

Milla: *De repente com 7 ela volta a gostar! Kkk*

Débora: *Põe o pai para dar banho todo dia!!!! Hahaha*

Milla: *FINALMENTE UM BOM CONSELHO!*

Maria do Amparo: *Será que esse xampu não é de urtiga ou algo parecido?* 🤔

Dircinha: *E por que não falar de genética? A mãe da criança era igualzinha, tive que comprar um chapéu de plástico furado na cabeça para lavar o cabelo da criatura. Dava um verdadeiro show no banho. O creme de enxaguar não podia cair no pescoço, era um Deus nos acuda. Agora a pessoa quer colocar a culpa no xampu? Eu nem roguei praga, foi pela força dos ditados: aqui se faz, aqui se paga. E quem sai aos seus não degenera.* 😍😍😍

Milla: *Ela fala uma barbaridade dessas e depois coloca carinha com olho de coração!*

Maria do Amparo: 😂😂😂 *Tá explicado!*

Cláudio: *Isto mesmo, Dircinha. Entrega a criatura.*

Marcela: *Era só ter tido uma conversa com a mãe (avó) que logo se chegaria ao "prognóstico": puxou à mãe. Memórias de família são infalíveis!!!*

Tânia: *Pronto, Milla, resolvido o mistério! A culpa não é do xampu!*

Milla: *Que Deus não me puna mais severamente, porque fazer a mãe comprar um chapéu de plástico para não encostar o condicionador no pescoço foi dose! Kkk*

Jordan: *CONTA OS PODRES MESMO, DIRCINHAAAAA!*

Maria do Amparo: *É a hereditariedade, né? E a pobre criança levando a culpa kkkkk*

Milla: *Se a explicação for hereditariedade, a culpa então é da Dircinha!*

Márcia: *Engraçado, Rafa era assim maluquinho igual ao Ben, mas meus maiores problemas eram no Campo de São Bento! Quando eu o tirava do balanço, ele gritava: "Socorrooooo, políciaaaa!!!".*

silvinha

Quando eu tinha uns 18 anos, cismei que queria um cachorro. Nós, na verdade, já tínhamos uma poodle que não me dava a menor bola, então encasquetei com a ideia de ter uma cadela que fosse só minha. Por mais de dois anos, toda vez que minha mãe me perguntava o que queria de aniversário ou de Natal, eu respondia: "Que você me deixe ter um cachorro". Lembro apenas vagamente, mas acho que mamãe finalmente me deixou ter meu próprio cãozinho por pena, quando um namorado terminou comigo e fiquei irremediavelmente triste. Na época, eu começava a despertar para questões relacionadas a proteção animal, então decidi esperar encontrar algum cachorro xexelento na rua que precisasse de um lar. Comuniquei a decisão à minha família, o que contrariou meu irmão. Ele insistia na ideia de aproveitarmos a oportunidade para termos um cachorro "maneiro", mas, como de costume, não conseguiu me convencer. Ele sabia, no entanto, que meu "sonho de consumo" desde criança era ter um beagle. Safadamente, um dia ele comprou um filhote dessa raça para me dar. O canil era na Avenida Central e, ainda em Itaipu, com a cachorra comendo descontroladamente a marcha e o banco do carro, ele deu meia-volta e tentou desfazer o negócio. Não aceitaram. Resignado, veio para casa com a peste e me deu a beaglezinha de presente. Embora eu tivesse ficado com muita raiva da tramoia dele, era impossível não amar instantaneamente o filhote mais lindo que eu já havia visto na vida: duas orelhas gigantes e de veludo; uma cabeça deliciosa em formato de ovo; "olhos de Robinho", como a gente chamava aqueles olhinhos que pareciam usar delineador; uma barriga redonda e toda pintada; e o toque final: o rabo com uma ponta branca, que mais parecia um pincel. Dei o nome de Silvinha, cuja origem nem eu sei. O nome era assim mesmo, no diminutivo, sendo o apelido Sílvia utilizado apenas para dar carinho ou esporro. E foram muitos esporros. No dia seguinte à sua chegada, depois de ela inutilizar todas as Havaianas da casa arrancando a bolinha que prende na sola a tira do chinelo, meu irmão comunicou que devolveria a cadela, mesmo sem receber o dinheiro de volta. Argumentei que a cachorra agora era minha e que ele não teria este direito. O fato é que ninguém na casa estava muito satisfeito em ter como membro da família um diabo-da-tasmânia, mas, em dois dias, eu já amava profundamente aquela criatura, talvez exatamente pelo seu jeito maluquete. Chorei, briguei, esperneei. Afinal, que tipo de família seríamos se desistíssemos assim facilmente de um dos membros? Minha mãe encerrou a questão, falando que não era para o meu irmão ter comprado a cachorra, mas que agora ela ficaria. Na primeira semana, minha irmã ligava diariamente para o meu estágio e para o trabalho da minha mãe, aos prantos, falando que jamais passaria em um concurso, já que a cadela era encapetada e não a deixava estudar. O potencial de Silvinha para fazer merda era, de fato, infinito e seu talento para a destruição, ímpar. Uma vez, depois de já ter experimentado todo tipo de transgressão, ela decidiu começar a comer cocô. Isso mesmo: comer cocô! Chamamos uma veterinária para analisar o caso e ela concluiu que Sílvia teria "desvio de caráter". Apesar de termos rido por dias do diagnóstico da veterinária, adotamos essa explicação como a oficial sempre que Silvinha aprontava alguma. No primeiro ano de vida da cachorra, tentei acalmar minha família dizendo que filhotes eram assim mesmo. Usei esse argumento até que ela completasse uns 3 anos, quando aderi à nova justificativa de que talvez beagles fossem assim mesmo. E, confesso, embora aos meus olhos Silvinha se mostrasse a criatura mais bonita do universo, o que mais me encantava nela era a sua personalidade. A verdade é que sempre considerei que, se eu fosse um cachorro, seria exatamente como aquela doidinha. Ela seguia as regras da casa, mas sempre de forma insubordinada. Só fazia o que queria, ainda que, em geral, o que quisesse era estar com as pessoas que amava. E gostava como ninguém de comer. Aliás, é impossível calcular a quantidade de vezes que essa cachorra nos roubou comida. Quando ela farejava um petisco que a interessasse, arregalava seu famoso "olhão" e iniciava a missão. Uma vez, não sei como, subiu na pia e tomou todo o óleo de cozinha que estava na frigideira. Passou o dia inteiro rolando na grama de um lado para o outro com dor de barriga, soltando pum e arroto com cheiro de óleo. E a raiva que dava quando uma comida sumia e encontrávamos apenas a embalagem no jardim? É difícil, aliás, listar todas as ocasiões em que nos enfurecemos com essa cachorra. Uma vez, ela (que pesava quase 20 quilos) pulou na barriga da minha irmã, grávida de uns sete meses. Noutra ocasião, comeu a caixa inteira dos caríssimos doces árabes que minha mãe trouxera de Dubai. E, há pouco tempo, irritada com Benjamin, deu uma mordidela na mão dele. Além disso, todos os dias derrubava a bandeja de remédios do meu pai, desligava o computador esbarrando no estabilizador e insistia em subir na cadeira durante o almoço para jogar bafo na nossa comida. Ainda assim, posso garantir: nunca, a despeito de todas as suas traquinagens (e talvez até mesmo por elas), nenhum cachorro foi tão amado quanto Silvinha. Infelizmente, como diz o livro de Eclesiastes, há o tempo de nascer e o tempo de morrer, e esta semana o tempo da nossa Silvinha conosco se acabou. Já estava velhinha, com vários problemas de saúde (mas ainda roubava comida). E agora lembro dela – ora rindo, ora chorando –, afinal, despertar em nós emoções contraditórias sempre parece ter sido um dos seus maiores dons.

Juliana: *Professora, me desculpe, eu ri muito com "desvio de caráter". Mas olha... meus pêsames, o demônio-da-tasmânia com certeza fará muita falta!*

> **Milla:** *A veterinária falou do desvio de caráter quando ela tinha 1 ano de idade. Rimos disso até hoje, 14 anos depois. Kkkk*

Valdenia: *Que pena! Faz parte da vida... Já tive um beagle, eles são terríveis, hiperativos. Lá em casa, ninguém tinha meias: ele comia TUDO, depois vomitava. Só fazia merda, mas a raiva passava rápido.*

> **Milla:** *Acho que eles são tão lindos por isso: para perdoarmos logo as merdas que fazem!*
>
> **Valdenia:** *Basta um olhar, não dá para brigar... O meu comeu até os pés da minha cama!*

Julia: *Nossa, professora, eu morri aqui agora. Eles invadem nossa vida e nossos corações de uma maneira inesquecível... Aposto que ela fez bagunça aí dentro do seu peito muito mais do que na sua casa! Esse amor é para sempre.*

com desconto

Quem me conhece sabe que odeio fazer pechincha. Não costumo comprar nada cujo preço não me pareça razoável, mas, se por um acaso gosto muito de algo caro, compro sem fazer muxoxo. No entanto, existe um único lugar em que essa regra é exceção: o obscuro mundo das farmácias. Minha saga farmacêutica começou num dia qualquer. Perguntei o preço para o balconista e, sendo o valor mais alto do que eu esperava, agradeci e fiz menção de ir embora, falando que pesquisaria mais. O balconista, então, retrucou: "Deixa eu ver com desconto", e baixou uns 20% do preço que havia falado inicialmente. A partir daí, toda vez que ia pesquisar quanto custava um remédio, logo após receber a resposta do vendedor (independentemente de achar o valor alto ou baixo), lançava o famoso "e com desconto?", como se houvesse um desconto universal nas farmácias, cuja origem nebulosa não se relacionasse com pontos de fidelidade, plano de saúde, promoção ou quantidade, mas simplesmente com a disposição do cliente em perguntar pelo abatimento. Minha curiosidade sobre a questão foi aumentando na medida em que jamais recebi um "que desconto?" como resposta, mas sempre uma resignada redução do preço. Assim, depois de muito pensar sobre o assunto, cheguei à conclusão de que as farmácias classificam os clientes da seguinte forma: babacas, normais e sinistros. Os babacas aceitam qualquer valor sem questionar. Os normais demonstram alguma insatisfação com o preço, mas dependem da iniciativa do balconista para serem contemplados com o misterioso desconto. E os sinistros olham primeiro no site de outras drogarias para poder pedir o desconto com toda a convicção. Hoje, compartilho com vocês esta história de superação, de quem ascendeu de babaca a sinistra em poucos meses.

Luis Miguel: *Desde pequeno que eu sou sinistro!* 😂

Sandra: *Também estou neste grau.*

Renata: *Meu grau é o sinistro! Já chego no balcão perguntando do desconto! Ahahahaha*

Milla: *Primeiro, eu sempre pergunto pelo preço com cara de inocente e* *só depois, pelo desconto. Acho que tenho um certo prazer em ver quanto pagaria se fosse babaca.*

Kerolainy: *Descobri que sou babaca. Mas na próxima vez vou chegar sinistra na farmácia. Obrigada.* 😂

Milla: *Chega logo com o pé na porta!*

Mônica: *Sou cliente sinistra há muito tempo. Sempre fiz a pergunta: "E o meu desconto?". E ainda faço assim: se estou na Tamoio e não fico satisfeita, falo que vou comprar na Pacheco ou na Raia, que o desconto está melhor. Eles acabam melhorando o preço: "Deixa eu ver se posso melhorar um pouco mais para a senhora".*

Milla: *A frase "deixa eu ver se posso melhorar um pouco mais" é um clássico dos balconistas que dão desconto! Kkkk*

Daniela: *Desenrolo é um caminho sem volta. Você começa pedindo desconto à vista na "brusinha" da loja, pede dois latões por 10 e, quando vê, está pedindo 5 centavos na Halls.*

Francisco: *Eu já sou cadastrado em todas, então o desconto vem automaticamente, sem me fadigar. Ahahaha*

Milla: *Aí é que você se engana! O desconto sempre pode ser melhor!*

Francisco: *Então tá. Vou seguir essa linha aí!*

boi da cara preta

Esta madrugada, Benjamin me acordou falando: "Mãe, quer mimir. Canta?". Perguntei o que queria que eu cantasse e ele pediu "Boi". Já fiquei meio desanimada: no universo das cantigas infantis, essa é a que mais detesto, porque a letra só tem uma frase. A música acaba em cinco segundos e a gente tem que ficar repetindo infinitamente como se fosse um mantra. Lá pelas tantas, quando eu já tinha cantado "Boi" pelo menos umas 30 vezes, cada vez mais baixinho, fazendo uma espécie de *fade out*, a criança abriu o olho e falou: "Agora 'Peixe vivo'!". Cantei "Peixe vivo" e logo emendei em "Bicho Papão", para fazer um pot-pourri, mas ele abriu de novo os olhinhos e falou, em tom de remendo: "Boi!", como se dissesse "não muda o repertório sem a minha autorização!". E lá fui eu voltar a cantar "Boi". Gente, eu não sei se alguém já percebeu, mas "Boi" é uma música que exige uma performance quase profissional. Ou eu devo ser uma mãe soprano, porque quase morro para alcançar as notas mais graves. A parte do "Pega esse menino" então me exige um esforço inimaginável para que a música saia com um mínimo de dignidade. Eu não aguentava mais cantar o raio do "Boi" com aquelas notas graves malditas, mas, ao mesmo tempo, queria que Benjamin dormisse logo para eu poder dormir também. Comecei, então, a cantar sussurrando, assim não me esforçava tanto na interpretação. Ele abriu os olhinhos pela terceira vez e falou: "Esta voz, não". Neste momento, parei e ponderei que algo devia o estar incomodando, a ponto de não conseguir dormir, mesmo com sono. Imaginei que pudesse ser nariz entupido e peguei o Rinosoro. Falei: "Mamãe vai pingar um remedinho no seu nariz para você dormir melhor". Ele fez que não. Como eu insisti, apenas respondeu: "Depois!", virou para o lado, fechou o olho e dormiu instantaneamente. 😑

Jordan: *"Boi" é a música mais sádica para se cantar para uma criança. Isso causa traumas irreparáveis.*

Milla: *Mas ele que pede "Boi"! Por mim, riscava esta música do meu caderninho!*

Sheila: *Preferiu dormir a ser torturado, mamãe!* 😂😂😂

Milla: *Se eu soubesse que ele podia escolher, não tinha cantado "Boi" 300 vezes.*

Rafaela: *Da próxima vez, você pensa no soro antes de ter que cantar "Boi" umas 300 vezes... kkk*

Milla: *O soro está aqui na minha cabeceira! Kkk*

Jordan: *Galera, fiquei com medo agora. Que soro é esse?*

Milla: *É um daqueles soros com um spray que entra pelo nariz, mas atinge até o cérebro.*

Jordan: *Quase uma lobotomia, credo.*

Milla: *É uma espécie de lobotomia benigna. E eu sou uma versão moderna de "O médico e o monstro".*

Marcelo: *The voice Benjamin!*

Ana Carolina: *Minha afilhada é um pouco contraditória. Ela ama a música do boi, mas quando está fazendo coisa errada, eu falo: "Olha o boi". Ela arregala os olhos assustada e fica quieta rapidinho!*

Marcelo: *Canta a versão estendida do Dorival Caymmi... Não há garganta que aguente! Kkk*

Milla: *Pelo menos acho que ele dorme! Hahaha*

Cláudia: *Sempre termino a cantoria com o BOI. Engraçado é que canto bem baixinho para ninguém ouvir que é o BOI que eu estou cantando.*

Milla: *Mas por que você tem tanta vergonha de cantar "Boi"?*

Cláudia: *Não é vergonha. Vai que acham que estou assustando a criança.*

Cecília: *Milla, você cantando "Boi" só me faz pensar nas possibilidades de "análise do discurso" da música.*

Milla: *Descobri depois deste post que "Boi" é a música com o maior índice de trauma na cultura popular brasileira.*

Carlos: *Mas a letra não é essa? "Boi, boi, boi, boi da cara preta... Toma o Rinosoro e vai dormir, ô seu capeta".*

Milla: *Capeta é a mãe! Ops, a mãe sou eu!*

Carlos: *Foi a rima mais fácil.*

Milla: *Poderia ter se esforçado mais...*

moisés do asfalto

Eu costumo praticar a direção defensiva, não em relação aos outros veículos, mas aos pedestres kamikazes que sempre tentam atropelar meu carro no Centro de Niterói. Já se tornou usual para mim dirigir a caminho do trabalho e me deparar com algum alucinado que brota no meio da rua. É como se, no Centro da cidade, houvesse um portal que teletransportasse suicidas do universo paralelo, deixando-os a alguns metros do meu para-choque. Ontem, no entanto, tive uma experiência inédita. Estava na rua principal das barcas, dirigindo tranquilamente. Passei pelo sinal amarelo, antes que ficasse vermelho, mas sempre atenta aos suicidas. O semáforo seguinte se mantinha verde, então continuei na mesma velocidade. No entanto, o fluxo de carros que vinham atrás de mim cessou devido ao sinal anterior, fazendo com que os pedestres de ambos os lados começassem a atravessar a rua, ignorando completamente a minha presença. Uma torrente de gente se aproximou do carro, vinda das duas calçadas e – garanto – eu tive, naquele momento, a mesmíssima sensação dos soldados romanos quando o Mar Vermelho se fechou diante deles. Eu, todavia, não me deixei abater. Segui o lema de Moisés: "Fé em Deus e pé na tábua", e devagar consegui fazer a heroica travessia.

* Um amigo judeu acaba de me remendar, dizendo que os soldados não eram romanos, já que o episódio se passa no Egito. Em minha defesa, digo que para nós, cristãos, o inimigo é sempre soldado romano.

Carlos: *Sempre tem um atropelamento nesse sinal, agora sei quem é a culpada.*

Milla: *O portal do universo paralelo?*

Carlos: *Milla Benicio!*

Milla: *Oi, pode falar!*

Carlos: *Kkkkkkk.*

Jordan: *Acho bom você instalar uma câmera no seu carro com visão para fora. Lá na Rússia, os pedestres literalmente se jogavam na frente dos carros para, assim, ganhar indenização. Agora, praticamente todos os carros têm essas câmeras para, em casos de atropelamento no Milla Mode, o motorista ter a prova de que a culpa é do pedestre suicida.*

Milla: *Câmera é para os fracos. Quem é motorista desvia de pedestre suicida que nem Neo se desvia das balas.*

Jordan: *É uma arte.*

Milla: *É uma ciência e uma arte, como diria Kotler sobre o marketing. hahaha.*

Luis: *Ahahahaha... Romanos?! Fiz a mesma indagação comigo mesmo! Milla reescrevendo a vida e a Bíblia nas horas vagas.*

Carlos: *Esses romanos que construíam pirâmides e eram faraós.*

Luis: *Só não são piores do que os egípcios que crucificaram Jesus Cristo!*

Milla: *Gente, eu não quis escandalizar, mas, na verdade, não eram egípcios nem romanos: eram todos extraterrestres.*

Luis: *Milla, você nunca tem a intenção de escandalizar! Ahahahaha*

Carlos: *Extraterrestre era só o Moisés. As dez pragas de Roma ele lançou através de tecnologia avançada, espaçonaves e espelhos.*

Milla: *Não, Moisés era humano, mas veio do futuro. Na verdade, em 3017, o Estado de Israel vai criar uma máquina do tempo e enviará Moisés para o Antigo Egito.*

Carlos: *Ele vai chegar e falar: "I came to chew gum and free my people from slavery, and guess what? There is no gum to chew".*

Milla: *Moisés foi considerado o melhor agente da Mossad em mais de mil anos, por isso foi o chefe da missão.*

Carlos: *Temos um roteiro milionário nas mãos. Vai vender mais que filme da Marvel.*

Milla: *E mais do que a novela "Os sete mandamentos"!*

Carlos: *Vamos pra Record agora!*

Fernando: *Gostei dos soldados romanos, não os tiraria da história.*

Milla: *Eu, para ser sincera, achei os soldados romanos o ponto alto da crônica.*

Carlos: *Soldados romanos que cultuavam mitra e que depois deram origem aos "illuminati".*

raça negra

Deus sabe o quanto eu odeio pagode. Mas hoje, quando estava nas Lojas Americanas (que considero, por sinal, o estabelecimento com pior som ambiente do mundo), rolava algo como "maiores hits" do Raça Negra. Distraída com as compras, percebi, constrangida, que balançava a cabecinha enquanto tocava "Quando te encontrei". Embora tentasse me segurar, não pude me conter e comecei a cantar junto "Jeito felino". Já na fila, não só cantarolava, como batucava no pacote de meias, acompanhando "Cheia de manias". Mas quando tocou "Me leva junto com você" respirei aliviada e dei graças a Deus por não ter um isqueiro na mochila. Senão, acho que acendia, enquanto levantava os braços e balançava de um lado para o outro. 😂

Jacky: *Não estou sozinha.* 🙏

Jordan: *Para isso existe o celular. Acende o visor, levanta os braços e apenas se entregue.*

Milla: *Puxa... Perdi a chance de viver um grande momento...*

Saulo: *Raça Negra é um patrimônio cultural. Não existe outra reação que não essa! kkk*

Milla: *A gente até tenta manter alguma dignidade, mas é impossível...*

Sandro: *Raça Negra merece que seja criado um estilo só para eles. Nem pagode, nem samba, nem samba-rock... Contagia. Não há "headbanger" que fique sossegado quando toca!!!* 😂😂😂

Milla: *"O mel do teu beijo tem um gosto de amor". Isso merece ser um estilo à parte.*

Sandro: *Olha que estranho. Começou a tocar sozinho no meu Spotify!!!* 😉

Milla: *Ué, aconteceu o mesmo comigo quando saí das Americanas... kkk*

Bruna: *Imagine se gostasse.* 😂😂😂

Simone: *Tinha que ter comprado o CD. Foi um sinal.* 🤣

Milla: *Acho que o sinal devia ser outro, porque nem existe mais CD! Kkk*

Gabriela: *Isso sem falar que você sabe inclusive o nome das músicas.*

Milla: *Pera lá, aí não. Eu pesquisei no Google!*

Jully: *Eles são fenômenos!*

Milla: *É um fenômeno uns pagodes tão vagabundos serem tão bons! kkk*

Jully: *E tão chicletes!*

Milla: *Nem me fala... Estou cantando todas as músicas deles há dois dias. Já estou quase enlouquecendo.*

Alina: *Hahahahahahahahaha Imagina se estivesse tocando Molejo?!*

Milla: *Se tocasse Molejo, eu saía varrendo...*

Bianca: *Raça Negra une gregos e troianos*

Milla: *É tipo "Evidências"...*

Cláudio: *Comprar meias é perigoso. Às vezes, por causa dos pés se perde a cabeça...*

Milla: *Cláudio, sempre o mais sensato da minha "timeline".*

Cláudio: *Se eu ainda fizesse análise, iria falar isso para o meu analista...*

Milla: *Vou falar para o meu... kkk*

Marcia: *Raça Negra é demaissss! Sei todasssss! Adoro aquela "o azul do mar... e a força das ondas... vai e vem...". Aí você faz aquele movimento de ondinha com as mãos. Ahhhh, saudade disso!!!*

Dircinha: *Gente, tenho que escutar essa maravilha!*

Milla: *Movimento de ondinha com as mãos é o suprassumo da cafonice. Amo!*

Marcia: *Milla, viro a mais cafona de todas num pagodão.*

Milla: *Marcia, você vira?* kkkk

Marcia: *Dircinha, você vai lembrar de tudo quando escutar! São todas músicas de corno sofrido. Aliás, todo pagode é assim.* 🤣🤣🤣

Milla: *Raça Negra é um tipo de música que deixa a pessoa na fossa, mesmo que ela seja feliz, tenha 30 anos de casamento, um monte de filhos e netos, todos maravilhosos e saudáveis.*

Dircinha: *Ué, alguém aí em cima disse que a pessoa fica logo feliz quando escuta...* 🤤

Milla: *É a felicidade de encontrar palavras certas para expressar a tristeza... kkk*

Maria: *O brasileiro já nasce sabendo cantar "Cheia de manias"!! Ahahaha*

Milla: *Primeira palavra do brasileiro: "Didididididiê".*

Wil: *Você está igual a mim com Legião Urbana. Deus sabe o quanto odeio Legião, mas, no final da festa, quando toca "Pais e filhos", minha vontade é sair correndo e dar um "mosh". kkkkkkkk*

Milla: *Em festa, eu sou assim com Roupa Nova, quando toca "Eu perguntava do you wanna dance..."*

Dircinha: *Nunca vi, na vida, alguém odiar Legião Urbana.*

Marcia: *Eu também nunca vi.* 😮

Wil: *Pois é... Nasci em 89... Não curto as paradas dos anos 80.... kkkkkk*

Milla: *Já vi não ligar, mas odiar? kkk*

Wil: *Criei aversão por conta do senso comum (todo mundo ama Legião Urbana). Como eu não via motivos para amar, o sentimento contrário foi ganhando força. Kkkkkk*

Rosângela: *E o Zé Carlos (vocalista) tem a língua presa! Como conseguem fazer sucesso?* 😂😂

Milla: *Acho que existe um encanto na língua presa, porque o Claudinho (do Buchecha) também tinha.*

na fila

Hoje fui ao mercado comprar os benditos ovos orgânicos, em falta desde a greve. Todas as filas estavam longas, então me posicionei atrás de uma moça com um carrinho cheio, mas que seria a próxima a ser atendida. Fiquei com aquela tentação de pedir para passar a frente dela – afinal eu estava com apenas uma caixa de ovos –, mas não tive cara de pau suficiente e resolvi esperar mesmo. Daí chega o marido com dois sucos de uva, questionando por que o de 1,5 litro era mais barato do que o de 1 litro. Pensei, então, um pouco maquiavelicamente, que, se eu fosse simpática, talvez eles próprios me ofereceriam a frenteira. "Porque o de 1 litro é de uma marca melhor. Eu só compro deste", comentei, tentando me tornar amiga (embora a informação fosse mesmo verdade – meu maquiavelismo tem limites). Eles agradeceram, optaram pelo suco que sugeri, mas não fizeram o esperado oferecimento. Então, numa última tentativa desesperada, completei: "Este ovo, por exemplo, é mais caro, mas hoje vim aqui só para comprá-lo". O marido, coitado, que devia ser o mais besta do casal, exclamou na maior alegria: "Mas você só vai comprar isso? Então pode passar na nossa frente!". Agradeci, fingindo surpresa, mas com gratidão sincera. Gentileza e maquiavelismo definitivamente geram gentileza...

Jordan: *Seria mais legal se você falasse: "Ah, obrigada", adicionasse um "vem, filho" e viesse Benjamim com dois carrinhos cheios de compras. Ou após ele perguntar o porquê de 1 litro ser mais caro, você responder: "Pergunta lá no posto Ipiranga". Em ambos os casos acho que todos iriam rir muito.*

Milla: *Poxa, como não pensei nisso antes?*

Jordan: *Falta-lhe ódio, "padawan".*

Sandro: *Como diria aquele que, se fosse vivo, seria mais um fã seu: "Não é a intenção que valida um ato, mas seu resultado". Muahahahahahaha "You win!!!"*

Matheus: *Ahuehauheuaheua Sem juízo de valor, Milla, foi apenas postura ativa frente ao embotamento do casal. XD*

Milla: *Também acho que, na verdade, eles estavam errados em não me dar a frenteira!*

o retorno de anderson silva

Numa madrugada qualquer, eu estava dormindo o sono dos justos, quando Sérgio me acorda. Antes que eu pudesse manifestar minha fúria, ele explica: “Eu sei que você odeia UFC, mas é a luta de retorno do Anderson Silva”. Conformada, sentei para assistir ao confronto. O mais excitante é que a luta seria contra aquele mesmo americano que o havia tirado de combate. Enquanto a disputa não começava, fizemos pipoca e nos preparamos, animados (nós, que nada entendemos de UFC), para torcer pelo brasileiro. Parecíamos mais ansiosos que os próprios locutores, que falavam na revanche apenas como mais uma luta do Spider. Começa o combate. Torcemos. Lá pelas tantas, ele dá um chute no cara e sofre uma lesão macabra na mesma perna que havia machucado tempos atrás. Tristes, constatamos que agora a carreira dele acabou de vez. O mais chocante é que ninguém na TV parece se impressionar com o fato de o lutador se machucar gravemente, no mesmo lugar, da mesma forma. Ainda comentamos um com o outro: “O osso não deve ter calcificado direito”. Não lembro quem descobriu depois de um bom tempo: a luta a que assistíamos era uma reprise. Acho que fui eu, porque recordo de lançar para Sérgio aquele olhar fulminante, que ameaça silenciosamente quebrar não uma, mas as duas pernas no melhor estilo Anderson Silva.

Augusto: *Para! Isso é mentira kkkkk. E eu tentando lembrar quando que ele fraturou a mesma perna em uma luta...*

Milla: *Agora você sabe como eu me senti...*

Augusto: *Você ainda se preparou, fez pipoca... Teve todo o ritual para ver a parada. kkk*

Milla: *O pior foi como ficamos arrasados por ele se machucar de novo...*

Carlos: *Vocês são os melhores. De dia, dão aula de Nietzsche e Gramsci. De noite, confundem reprise com ao vivo.*

Milla: *Somos super-heróis, só que ao contrário...*

Luis: *Passou no Canal Viva? hahaha*

o louco

Hoje fui dar uma aula no Shopping Leblon, mas cheguei lá com quase uma hora de antecedência. Eu sabia que, no meio do shopping, havia umas poltronas deliciosamente confortáveis e, por sorte, alguém se levantou na hora em que eu chegava. Peguei meu livrinho na bolsa e os croissants de chocolate da Beira Mar, e pensei comigo que viveria então uma daquelas pequenas alegrias da vida. Mal começo a ler, percebo que no entorno os ocupantes das outras poltroninhas estão todos vidrados nos seus celulares. Até uma velhinha de uns 80 anos mexia com atenção no smartphone. Todos, menos duas pessoas: eu e um cara na poltrona ao lado, flagrantemente doido, destes que olham para cima enquanto balançam a mão do lado da cabeça. Na hora, ri com o fato de que apenas eu e o doido estarmos interessados em outra forma de distração que não a tecnologia: eu, em Nietzsche, e ele, nos seus próprios dedinhos balançantes. Continuo a ler, ainda empolgada com a oportunidade de juntar um bom livro, uma boa poltrona e uma boa comida por uma hora seguida, mas logo sinto que estou sendo observada. Olho para o doido e nossos olhares se batem, o que me faz voltar a vista imediatamente para o livro. Continuo com a sensação, dou mais uma olhadela rápida, e lá está ele olhando fixamente para mim. Não ouso mais olhar, mas com a minha visão periférica percebo que ele começa a escorregar na poltrona, como que se deitando, e reclina a cabeça na minha direção. Dou mais uma espiada para ter certeza e agora ele encara o livro. Neste momento, compreendo que tenho duas opções. A primeira e mais óbvia é abandonar a poltrona, este eldorado com o qual sonhei por todo o caminho – no ônibus, nas barcas e no metrô. Parti, não sem tristeza, para a segunda opção: guardei o livro na bolsa e comecei a mexer no celular. Queria ter visto a cara do doido, mas achei melhor não estimular em nenhum grau que ele continuasse a me observar. Apenas percebi, pela visão periférica, que primeiro ele se endireitou na poltrona e depois de uns dois minutos foi embora, provavelmente desiludido com a sua alma irmã.

Cláudio: *Você com Nietzsche, e o outro é que era o doido?*

Milla: *Daí deve ter partido a identificação dele! kkk*

Larissa: *Da próxima vez, leia Nietzsche em PDF, no smartphone!*

encontro com a morte

Tem um vigia no IFRJ que me adora. Toda vez que chego no trabalho, ele para o que estiver fazendo para me cumprimentar. Quando pergunto: “Tudo bem?”, ele responde: “Melhor agora depois de ver o seu sorriso”, e às vezes diz que eu pareço catarinense pelo meu jeitinho simpático (?). No entanto, ontem, na hora do almoço, ao dizer “já volto”, ele estranhamente respondeu: “Tomara”. Fiquei meio desconcertada, sem saber como reagir àquela gentileza que mais parecia uma praga. “Se Deus quiser!”, foi o que consegui responder, e subi as escadas que dão para a rua. Quando eu estava perto da porta, ele gritou: “Vai voltar, sim. Tenho certeza!”. E, depois de um segundo, completou: “Absoluta”. Dei um sorriso amarelo e fui almoçar com a convicção de que aquilo era um sinal claro e evidente de que eu iria morrer durante o almoço. Comecei então a imaginar que caso a profecia do vigia se cumprisse ele comentaria com as pessoas: “Eu ainda disse ‘tomara’ quando ela falou ‘volto logo’, mas pressenti que a pobrezinha não voltaria”. Felizmente, apesar das probabilidades, consegui retornar sã e salva ao trabalho. Ao encontrar com o bendito, comemorei: “Voltei, viu?”, e ele retorquiu: “Ah, sabia!”. “Então por que levantou suspeita contrária?”, foi o meu pensamento, mas não falei nada para manter minha fama de catarinense. Achei a história engraçada e pensei em compartilhá-la no Facebook, mas fiquei me perguntando se, afinal, o conteúdo da profecia não seria a morte após a postagem e não durante o almoço. Vou te contar, é duro interpretar os sinais do destino.

Adriana: *Morri aqui... kkkkkk... Até porque acho que sei quem é esse vigia!!!*

Milla: *Ele também perguntou se você é catarinense?*

Adriana: *Não.... mas sempre quando me vê fala assim: “BOM DIA, MEU AMOR... MELHOR AGORA, QUE VOCÊ CHEGOU...” E me chama de NENENZINHA! Kkkkkkkk*

Juliane: *Quando eu o respondo mal, ele me pergunta se quero conversar, se estou bem... Eu começo a rir de nervoso. kkk*

Thiene: *Faz isso com todas... Também escuto esses “boa noite, minha linda”. hahaahhhahha*

Cláudio: *Ai, meu Jesusinho. Será que isto é igual a "O chamado"? É morte certa depois de ler??? Quantos dias tenho de vida?*

Milla: *Tomara, como diria o vigia. Prefiro que morra quem lê do que quem escreve. Kkk*

apelido – parte I

Outro dia, levei Ben ao pediatra e ele deu aquele ataque habitual, que me faz morrer de vergonha do médico e de quem está na sala de espera. Vendo meu sufoco, minha mãe comentou, rindo, que eu não podia reclamar, pois era pior do que ele: berrava, esperneava e até vomitava (!). Ela disse ainda que o homeopata sempre me chamava de um apelido, algo como terrorista, mas a palavra exata ela não conseguiu lembrar. Desde então (isso já faz duas semanas) tentamos descobrir qual era o raio do apelido que o médico me deu. Já sugeri anarquista, vândala, bandida, extremista, arruaceira, mas, segundo Dirce, não era nenhum destes. Gente, me dá uma luz! Vocês sabem mais sinônimos para alguém que sai por aí tocando terror? Eu não fico em paz enquanto um caso não é solucionado! Kkk

Dircinha: *Filhote de cruz credo.*

> **Milla:** *No caso, o cruz credo seria você.*

Sheila: *Dramática, exagerada, revolucionária, rebelde...*

Cláudio: *Pré-petista?*

Gisele: *Pestinha?*

Francisco: *Arruaceira, loka desvairada. Kkkk*

> **Milla:** *Estou aqui imaginando o médico, um velho, me chamando de loka desvairada. Hahaha.*

Fabiana: *Baderneira?*

Nair: *Agitadora!*

Dircinha: *Acho que começava com a letra A.*

> **Milla:** *E não é agitadora?*
> **Dircinha:** *Não...*
> **Adriana:** *Alucinada.*

Henrique: *Black bloc. Hooligan.*

Leandro: *Espoleta? Atiçada?*

Bianca: *Seria kamikaze?*

Diego: *Capitalista? Acertei?*
Milla: *Acho que não é meu perfil de terrorismo... kkk*

Débora: *Aloprada? Arruaceira? Meliante? Reacionária? Estou curiosa...*
Milla: *Nenhum destes...*
Débora: *Antagonista? Escandalosa? Escabrosa?*
Milla: *Está parecendo aqueles apelidos da Odebrecht. Kkk*
Débora: *Atentada? Niilista? Tirana? Extremista? Atacada?*

Henrique: *Elemento. Subversiva.*
Milla: *Nossa, fui correndo perguntar para a minha mãe achando que era subversiva. Mas não era.* 😭
Henrique: *Bárbara.*

Diego: *Pão com mortadela.*

Verônica: *Chantagista.*

Adriana: *Alucinada. Abominável. Apimentada.*
Milla: *Não é...*
Adriana: *Abilolada.*
Dircinha: *Imagina um médico chamando uma criança de abilolada...*
Adriana: 😂😂😂
Ligia: *Pivete. Descontrolada.*

Marcia: *Ganha o que quem acertar, hein?*
Milla: *Estou a ponto de oferecer dinheiro.*

Marcia: *Atacada!*

Rita: *Trovão. Relâmpago. Furacão.*

Luis: *Endiabrada. Acho que serve... hahaha*

Luna: *Terrorzinho!*

Tathiana: *Peste, arruaceira, estardalhacenta, endiabrada, atordoada, atormentada, atacada...*

Tathiana: *Quizumbeira, arretada...*
Dircinha: *Que médico falaria isso para uma criança? Kkkkkkkkk*
Tathiana: *O mesmo que chamaria de todos os outros adjetivos que li aqui, oras.*

Larissa: *Aloprada alguém falou?*
Milla: *Sim, já falaram de tudo um pouco. Kkk*

Tathiana: *Abominável, ardente, arredia...*
Milla: *Ardente? Kkk*
Tathiana: *Ah, tentei pensar qualquer coisa com A. Hahahahaha!!!*

Edilza: *Sugiro o Google...*
Milla: *E você acha que já não tentamos?*

Tathiana: *Alarmante, abominável, aborígene (hahaha)...*

Nelma: *Filhote de cruzcredo com deusmelivre kkkkkkkkk*
Maria: *hahahaha adorei.*
Milla: *Foi o melhor. Isso era o que o pediatra pensava.*

José: *Abilolada não lia ou ouvia faz tempo. Rsss Devia ser Vermelha. Muito* *à frente de seu tempo. Kkkk*

Eduarda: *Marginal?*

Milla: *Trombadinha!*

Dircinha: *Que horror!*

Milla: *Ué, melhor marginal do que terrorista!*

Dircinha: *Acho que a vontade do médico era a de chamar um exorcista quando Milla chegava. Berrava tanto que chegava a vomitar. Aff!!!*

Jean: *Precisamos de mais pistas! Qual era o ano?*

Dircinha: *1983.*

Milla: *Vamos pesquisar a semântica da época! kkk*

Jean: *Isso, talvez algum personagem de desenho famoso. Pimentinha?*

Tereza: *Terrorista, espetaculosa, demolidora... kkkkk*

Milla: *kkkkkkkkk Estou chorando de rir.*

Dircinha: *Kkkkkkkkk Não sei quem é mais louco. Eu e Milla ou vocês!*

Joselia: *Esconjurada... que horror! Rsrs*

Alex: *Possuída?!?!*

Carolina: *Guerrilheira, desordeira, badernista?*

Milla: *Já tinha falado esses.*

Carolina: *Esses escuto sempre que meu avô vê minha cachorrinha. hahaha*

Alex: *Atentada? Petralha?*

Maria: *Parece que o Ben comparado à mãe quando criança é um santo. hahahaha*

Jordan: *Você é uma eterna trombadinha...*

apelido – parte II

Resumo do caso (ainda não solucionado) do apelido misterioso.

Ano: 1983.

Sinônimo: terrorista.

Motivo: criança agindo como se estivesse possuída quando era examinada pelo médico.

Dicas: minha mãe acha que começa com a letra "a" e termina com "ista". Já eu acho que estas pistas falsas só estão atravancando a memória dela.

Esperança: conseguir o telefone da mulher do homeopata para ver se ela sabe como o marido chamava as crianças pestes.

Palavras descartadas: abominável, aborígene, agitadora, alarmante, aloprada, alucinada, anarquista, apimentada, ardente, arredia, arretada, arruaceira, atacada, atiçada, atordoada, atormentada, baderneira, badernista, bandida, bárbara, black bloc, capitalista, chantagista, demolidora, descontrolada, desordeira, desvairada, dramática, elemento, esconjurada, endiabrada, espoleta, espetaculosa, estardalhacenta, exagerada, extremista, filhote de cruz credo, filhote de cruzcredo com deusmelivre, furacão, guerrilheira, hooligan, kamikaze, loka, marginal, meliante, pão com mortadela, pestinha, petista-golpista, petralha, pivete, possuída, pré-petista, quizumbeira, rebelde, relâmpago, revolucionária, subversiva, terrorzinho, trovão, vândala, vermelha.

Fernando: *Difícil... mais que as suas provas.*

Milla: *Na prova, pelo menos, eu dou a resposta depois... :(*

Fernando: *Verdade, pimentinha.*

Cláudio: *ALIEN, porque você não é deste mundo.*

Alex: *Ametista?!?! :p*

Milla: *kkkkk Com certeza não começa com a e termina com ista. Eu já pesquisei mentalmente todas as possibilidades.*

Tathiana: *Bicho-carpinteiro, tiririca do brejo...*

Milla: *kkkkkkkk Tiririca do brejo foi o melhor.*

Tathiana: *Hahahahahaha!!! Rebuscando na memória...*

Taís: *Poltergeist...*

Tathiana: *Esse médico deve estar gargalhando de nós lá em cima.*

Milla: *Deve estar pensando: "Esta toca terror até hoje".*

Tathiana: *Agora ele tem certeza de que o apelido era adequado.*

Nely: *Alquimista* 😉

Milla: *Se for igual ao do Paulo Coelho, é uma espécie de terrorista mesmo...*

Nely: *Hahahaha... Acho que comunista também encaixa.* 😂

Cláudio: *Na verdade, quem é inominável é a Dircinha, porque está deixando a filha louca.*

Milla: *Não é?*

Cláudio: *As mães enlouquecem a gente, Milla. Até hoje não me conformo porque mamãe não guardou a receita do médico que me receitou beber vinho quando eu era criança.*

Alex: *Precisamos fazer uma sessão de regressão para elucidar o mistério. :)*

Nely: *Ou uma sessão espírita! Quem sabe o tal médico vem acabar com essa dúvida...*

Alex: *Verdade! Hahahaha!*

Milla: *Faço qualquer negócio!*

Dircinha: *Vou pedir a Deus para que esse pediatra apareça no meu sonho com a palavrinha mágica. Milla está me deixando louca!*

Victor: *Acho que sua mãe esqueceu o nome e era terrorista mesmo.*

Milla: *Depois de infernizá-la por duas semanas, ela tentou me enganar com isso. Kkkk*

Aurélio: *Atrevida já foi descartada?*

Milla: *Não, mas acaba de ser agora. Kkkk*

Gabriela: *Ativista?*

Milla: *kkkkk Mas ativista não é xingamento!*

Gabriela: *Pelo menos começa com A e termina com Ista.*

Larissa: *Endemoniada? Energúmena?*

Renata: *Danada?*

Milla: *Muito leve...*

Matheus: *Alienista?*

Milla: *Só se fosse um pediatra machadiano...*

Flávia: *Ele devia ser educado para não ser grosseiro com a sua mãe, então voto em Espoleta, Arretada, Furacão e acrescento Pimentinha.*

Milla: *Meu pai falou que era algo engraçado de ser dito por um médico.*

Cláudio: *Millante = Milla + Meliante. (Vou começar a apelar)*

Milla:

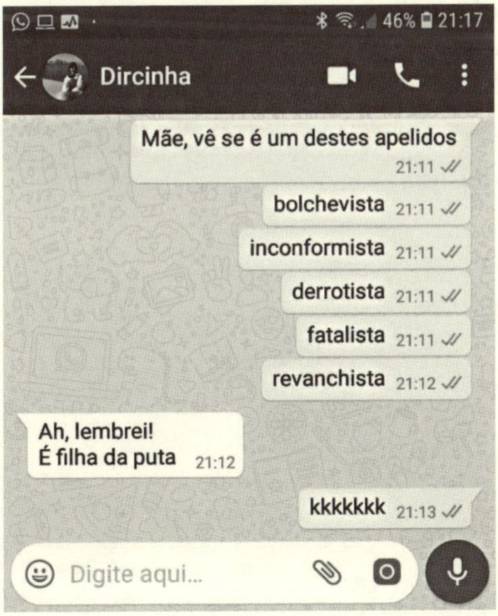

Sheila: *Eu ia te chamar de "artista", porque provocava até o vômito. kkkk*

Simone: *Nossa!! Fiquei curiosa. Como professora, posso dizer que Milla era um anjo na escola!! Isso eu lembro!!!*

Dircinha: *Mas no pediatra...*

Milla: *kkkkk Então claramente o problema era ele, e não eu!*

Rayanne: *Já vim aqui mil vezes ver se o mistério foi resolvido e nada... Mar qui coisaaaa.* 😂 *Vamos rebobinar essa mente, pelo amor!!!*

Milla: *Minha mãe já está até fugindo de mim! kkkk*

Marcela: *Eu tenho pensado nos ditos populares, nas gírias, nos apelidos dessa época, mas nada vem à mente... Estou doida para saber também.* 😂

Marcela: *Poderia ser asteroide?*

Milla: *kkkkkkkkk E desde quando isso é sinônimo de terrorista?*

Ligia: *Dinamite. Bomba atômica.*

Aurélio: *Será que algum dia vamos saber a resposta?*

Milla: *Isso só Deus sabe. Kkkk*

Aurélio: 😮

Jordan: *Cracuda em abstinência.*

apelido – parte III

Nova atualização sobre o caso do apelido misterioso.

1) Procuramos todas as palavras que terminam com "ista" da língua portuguesa. Então podemos descartar esta pista.

2) Minha mãe não acha mais que começa com a letra "a", mas com a letra "c", o que faz com que as pistas dela sejam altamente suspeitas.

3) Meu pai acha que é sinônimo de "perigosa" (eles lembraram, inclusive, que uma outra pessoa me chamava assim. Que fama eu tinha, não?).

4) Minha mãe acha que é um termo mais usado nos anos 70 para gente subversiva, que ia contra a ditadura. Mas ela disse que não é uma palavra estranha ou pouco usual.

5) Esta semana entrei em contato pelo Facebook com um rapaz com o mesmo nome e sobrenome do médico, mas ele era só um parente distante.

6) Quando minha tia voltar de viagem, talvez eu consiga o telefone da esposa, para ver se ela sabe.

7) Minha mãe se propôs a ler o dicionário inteiro para ver se encontra a palavra.

Oremos!

Dircinha: *Kkkkkkkkkk Rindo para sempre. A palavra caiu num buraco negro. Eu já acordo pensando nisso de tanto que Milla me azucrina! Vamos deletar essa criatura do Face antes que ela enlouqueça todo mundo. Depois de 30 anos, tenho que dar razão ao homeopata. Ela é aquilo mesmo que ele falava. A propósito, sabem por que eu tratava dela com homeopatia? Porque ela não tomava outro remédio. Vomitava tudo. Se duvidar, ela que jogou minha palavra no buraco negro.* 😬

> **Milla:** *kkkkk Vou chamar minhas testemunhas de defesa, que podem comprovar a criança ótima que eu era.*
>
> **Simone:** *Ontem fiquei no Google procurando esse adjetivo! Mas nada combinava com a Milla que conheci!!!* 😂😂😂😂😂
>
> **Dircinha:** *Eu sei que é uma palavra muito comum. Não sei por que cargas d'água sempre que contava esse fato para alguém eu confundia com terrorista. Aí eu falava: terrorista não, é... E dizia a palavra correta.*

Rayanne: *Não era menina atentada? É um termo habitual, lembra terrorismo. Esse não começa com c, mas também não vi esse atualizado na última lista hauahauah*

Milla: *Gente, Juliana descobriu o nome e esqueceu. Segundo ela, era com C.*

Juliana: *Meu deus! É muita pressão!!! Vou enlouquecer!*

Milla: *Acho que já enlouqueci uns 15 indivíduos de ontem para hoje.*

Milla: *kkkkkkkk Mamãe está no meio da letra A no dicionário. Em breve, descartaremos esta letra de uma vez por todas!*

Milla: *Gente, Juliana achou que tinha descoberto, mas foi alarme falso. Então esqueçam a pista de que era com C. kkkk*

Cláudio: *E eu aqui empolgadíssimo com a letra C... Não sei quem é mais doida: a mãe ou a filha...*

Sheila: *Cláudio, sabe que estou com a mesma dúvida!?* 😂😂😂😂

Milla: *Quem sai aos seus não degenera. Ou degenera de vez...*

Simone: *Milla, estou aqui em Madri, mas a toda hora pensando nisso. Já coloquei meu marido e minha sogra para pensarem comigo. A pista da década de 70 foi importante, mas como sou detalhista, mais precisamente em que ano? Hahahahahahaha. Doida para matar essa charada!*

Milla: *O ano era 1983, mas o homeopata deve ter parado no tempo!*

Milla: *Ai, meu Deus, estou até estragando a viagem alheia!*

Simone: *Millaaaaa, ninguém me aguenta mais por causa disso. Estou num museu e penso, seria... Mas aí chego numa zona de wi-fi e já sugeriram o que pensei e não era. Hahahahahahaha*

Diego: *Feminista! Não começa com a, mas termina com ista.*

Milla: *Acho que você não prestou atenção na atualização das pistas!*

Diego: *Ué! Na primeira atualização, feminista não estava. Estava?*

Milla: *Mas nesta atualização palavras com "ista" estão em baixa!*

Diego: *Putz!*

José: *Atarantada.*

Débora: *Ceifadora.*

Cristiane: *Abolicionista*

Milla: *Isso se eu nascesse no Brasil colônia, e não na ditadura...*

Eliana: *Tenho muitos amigos que amam uma polêmica, mas estou presenciando uma busca tão inédita, que até a mim está enlouquecendo.*

Dircinha: 😂😂😂😂😂 *Eu já enlouqueci. Arrependida de ter contado essa história pra ela.*

Cláudio: *Valdemort. Coringa. Pinguim. Máscara Negra. Charada. Espantalho. Hera Venenosa. Bane. Lagarto. Camaleão. Duende Macabro. Kraven, o Caçador. Escorpião. Homem-Areia. Rino. Mystério. Abutre. Electro. Carnificina. Rei do Crime/Lápide. Shocker. Homem-Hídrico. Morlun. Doutor Octopus. Venom. Michael Morbius. Cabeça de Martelo.*

Renata: *Já está virando uma pesquisa histórica!!! Hahaha*

Milla: *Pior que eu já até procurei por vocabulário da ditadura aqui. kkkk*

Renata: *Revoltoso, rebelde, insurreto, destruidor, perverso, perturbador, agitador, esquerdista! Hahaha*

Nely: *Já disse... Comunista.*

Milla: *Ela falou que é uma palavra meio incomum. kkkk*

Nely: *Vixi, então é czarista!*

Cláudio: *Che Guevara! Começa com C...*

Cláudio: *Só falta uma coisa que começa com C. "Caso perdido"...*

Milla: *Não foi, mas poderia ser.*

Gracielle: *Milla, estou rindo aqui sozinha...* 😂😂

Milla: *E eu chorando... kkkk*

Maíla: *Serelepe? Perturbada?*

Juliana: *Acho que era com CH.....*

Maíla: *Xiita! Talvez você tenha confundido e seria só o som parecido com ch! Kkk*

Juliana: *CHILIQUENTAAAAAAAAAA!!!!!!*

Milla: *Não era... Só me deu falsas esperanças, sua nojenta!*

Renata: *Anticristo? Porque apelidei carinhosamente meu cachorro assim!*

Cláudio: *Em que letra nós estamos, gente? Já estou confuso.*

Milla: *Em qualquer uma, menos k, y e w.*

Marcia: *Será que é o mesmo apelido do Rafael?? Tsunami* 😂

Milla: *Naquela época, ainda nem tinha tido tsunami!*

Larissa: *Kkkkkk CAMBADA! Rs*

Luis: *Cataclisma!* 😂

Simone: *Seria algum nome de um furacão que passou arrasando tudo na época????* 🤔🤔🤔🤔🤔

Márcia: *Carrapeta doida.*

Pillar: *Minha mãe sugeriu Peralta, Azogue, Fogueteira...*

Pillar: *Meu Deus, que difícil, gente. Estou quebrando a cabeça com isso. haha*

Dircinha: *Estou indo para a letra p, a esperança diminuindo cada vez mais. Cadê essa palavra, meu Deus? Eu juro que existe, só não sei onde.*

Milla: *Talvez seja necessário um dicionário mais completo...*

apelido – parte final

Gente, hoje descobri que o homeopata não morreu. É isso mesmo! O dito cujo está vivinho da silva! E ainda consegui o telefone dele. É claro que não perdi tempo e fui logo ligando. Como a conhecida da minha tia era a mulher do médico, achei melhor falar com ela primeiro e me apresentar, para não parecer uma doida qualquer (seria, pelo menos, uma doida com referências). Pois bem, ligo para o número. Atende um senhor com voz meio mal-humorada. Chamo pela mulher.

– Quem é? – ele pergunta.

– É Milla – respondo eu, como se isso significasse alguma coisa para eles.

– Fulana! – ele grita. – Está no banho. Quer deixar recado?

Tomo coragem:

– Quem está falando é o dr. Fulano?

– É sim.

– Então, dr. Fulano. Na verdade, era com o senhor mesmo que eu queria falar.

– Pois não.

– Então, é que, quando eu era criança...

– Ô Fulana! Vai ou não atender o telefone?

– Dr. Fulano?

– Sim.

– Era com o senhor mesmo que eu queria falar.

– Pois não.

– É que, quando eu era criança, o senhor era meu pediatra.

– Isso é impossível. Nunca fui pediatra.

– Homeopata! O senhor era o meu homeopata.

– Isso eu posso ter sido.

– Então, o senhor era o meu homeopata. E quando eu ia no seu consultório, eu chorava, esperneava, vomitava. Aí o senhor colocou um apelido em mim, sinônimo de terrorista. E eu e minha mãe estamos tentando lembrar há mais de um mês que apelido era esse.

– Minha filha, eu atendia milhares de crianças, como é que vou saber o apelido de uma?

– Ah, não, claro. Eu só queria saber se o senhor tinha um apelido padrão para as crianças terríveis.

– Não, minha filha, na homeopatia cada paciente é um. Se quiser, posso te indicar um homeopata...

– Não, o senhor não está entendendo. Não quero a receita de homeopatia que o senhor me prescrevia. Eu quero saber qual era o meu apelido.

– Mas como é que eu vou saber isso? Como é que vou lembrar do apelido de uma criança?

– Não. Só queria saber se não tinha, assim, um termo que o senhor usava para as crianças pestes.

– Olha, minha filha, nem se eu fosse um rapaz conseguiria lembrar de um apelido no meio de tantas outras crianças.

Eu estava ainda considerando se explicava uma última vez que a minha pergunta não era sobre mim especificamente, quando ele disse, quase irritado:

– Bom, não sei de apelido nenhum. Então boa noite – e tchum, deu com o telefone na minha cara.

Agora eu pergunto: quem é o terrorista? Kkk

Rayanne: *Com a simpatia toda desse senhor, já temos a pista que o apelido não deveria ser muito amigável (a ponto de ser inimaginável). E agora, José? Damos mais uma lida no dicionário? Kkkkk*

Pillar: *Pelo menos agora temos um quadro comportamental do meliante. Já podemos traçar um perfil de apelidos por aí.*

Dircinha: *Você é doida! O homem naquela época já era velho, imagina hoje como não deve estar. Devia estar pensando que era um trote.*

Simone: *Já pensou ele contando essa história? "Vocês acreditam que uma doida teve a cara de pau de ligar para a minha casa para saber o apelido que dei a ela quando era minha paciente há mais de 30 anos? Tem doido para tudo nesse mundo". Acho que a narrativa seria mais ou menos essa.*

Diego: *Então aceita "comunista". Fica com esse, que tá "ótemo"!*

Milla: *Também acho!*

Diego: *Perfeito! Esse apelido já causa terror o suficiente!* 💔

Milla: *Pelo menos na classe média brasileira com certeza causa. Kkkk*

Larissa: *Ligar para a casa de um idoso para perturbá-lo atrás de um apelido!!! Terrorista Milla!!!* 😂😂😂😂😂😂

Milla: *Eu fui tão gentil com ele...*

Marcela: *Para se desfrutar da história oral, tem técnica de abordagem. Por que não deixou isso para o doutor em história da família? Tenho certeza absoluta de que o Sérgio teria chegado próximo do que você deseja.* 😂

Milla: *Pois é. Acho que vou deixar passar um tempo e pedir para ele ligar!*

Marcela: *Isso. Não desista, a curiosidade tomou conta. Kkkkk*

Cláudio: *Milla, este caso não será resolvido por pediatria ou homeopatia. É um caso clássico para a psiquiatria...*

Daniela: *Kkkkkkk.... Estou rindo muito com esse drama do apelido!!!!! Mas essa de ligar pra casa do velho significa que você tem um traço terrorista! kkkk*

Milla: *Discordo! Vou tacar uma bomba na sua casa! kkkk*

no trânsito

O trânsito em Icaraí tem se tornado cada vez mais insuportável. Às vezes, chego a levar 20 minutos só para atravessar a Rua Presidente Backer. Ontem, estava particularmente irritada com o engarrafamento, mas tentando manter a serenidade escutando meu som. Mal o sinal abriu - eu ainda engatava a marcha -, o motorista do carro de trás começou a buzinar como um oligofrênico. Fiquei revoltada, porque se tem uma coisa que não faço é retardar o trânsito. Olhei pelo retrovisor e vi um engomadinho num desses carrões que não faço ideia nem de qual seja o nome. Na hora, me subiu uma raiva: não sei se ódio de classe ou de gênero, mas resolvi dar uma remanchada para ele aprender quem é que manda. O cara ficou doido e, na primeira oportunidade, passou a minha frente e ficou remanchando de vingança. O azar dele é que já estávamos chegando na Gavião Peixoto, que tem três faixas, e logo ele não pôde me impedir de passar para outra pista. O sinal fechou e ele parou do meu lado. Abriu o vidro e começou a brigar. Já que ele era maluco, resolvi também dar uma de doida. Abri meu vidro e aumentei o som no último volume. Estava tocando "Aeroplane", do Red Hot. Comecei, então, a cantar e dançar, tipo nos shows que faço para Benjamin, só que o público agora era o desconhecido, que, embora atônito, não escondia a vontade de rir. Quando chegou a parte do solo da guitarra, lancei um *air guitar* espetacular. Nisso, ele fez um gesto para que eu abaixasse o som - queria falar alguma coisa. Nessa altura, o sinal havia aberto. Eu, contudo, estava curiosa para saber o que se passava na cabeça do esquentadinho. Os carros de trás já começavam a buzinar, mas, por ironia, ele não se importava. "Me diz seu telefone", ele falou. "Não dá, o sinal abriu", respondi, e arranquei com o carro, com a minha vingança completa e a alma plena.

Sandro: *Você transformou uma briga de trânsito numa história de amor. Da parte dele, é claro!!!*

Milla: *Me inspirei no Profeta Gentileza: "Gentileza gera gentileza. Amorrrrrr".*

Bruna: *Professora, essas histórias são verídicas mesmo ou são só ficções? Não aguento. Hahaha.*

Milla: *Você está duvidando do meu potencial de sedução?*

Bruna: *De forma alguma, professora, é que suas histórias parecem histórias em quadrinhos. Kkkkkkkkk.... Do banco + 💩 + Benjami jamais esquecerei.*

Gabriela: *Pqp... Se eu não te conhecesse pensaria que essa história era inventada.*

Gustavo: *Vou te dar um CD do Megadeth kkkkkkk*

Milla: *Não sei se teria o mesmo efeito...*

Gustavo: *Pergunta a Marcela... Deu certo com o vizinho.*

Marcela: *Não era Megadeth, era Judas Priest.*

Gustavo: *Milla, vou te dar então um CD do Judas.*

Milla: *Quando vocês decidirem, me avisem...*

Marcela: *Com certeza, ele pensou: "Hummm... Essa é das minhas, é doida também". Por isso a empatia: a loucura se alinha com doidos...* 😂😂😂

Milla: *Obrigada pelo seu comentário, superelogioso!*

Marcela: *Não há de quê!*

Cesar: *Num dia, o vigia, noutro, o motorista... Está ficando interessante...* 😎

Milla: *E você achando que era o galã da família, hein?*

Cesar: *Achando???*

Etienne: *Ela é militante em todas as tangentes.*

Jordan: *Você poderia falar: "Te dar meu telefone? Está me assaltando?". E fingia que ligava para a polícia.*

Jordan: *Ah. Ele disse "me diz" e não "me passa". Droga. Finge que não comentei nada.*

Milla: *Eu não sei exatamente o que ele disse, só sei que o sentido foi este.*

Jordan: *kkkkkkkkkkkkkk É segurança tarado do curso, é maluco no trânsito. Você está poderosa, hein!*

Milla: *Ô... Só partidão...*

a calcinha

Gente, ontem me aconteceu uma coisa bastante peculiar, e como o causo era muito, mas muito vexatório, estava na dúvida se compartilhava com vocês. Pois bem, a história tem seu início no Irsa, onde fui fazer um exame de rotina. A atendente me levou até um quartinho para tirar a roupa e colocar aquele avental próprio para exame. Quando eu me dirigia para a sala de consulta, ela disse: "Traz suas coisinhas!". "Putz", pensei. Minhas "coisinhas" eram, além da roupa, minha bolsa e um livro imenso de teoria da administração. Eu ainda teria que bolar uma estratégia para camuflar a calcinha e o sutiã no meio da roupa, afinal meus bons modos não me permitiriam sair por aí exibindo as peças íntimas. Fiz um "bolinho" com as roupas, colocando as lingeries no centro, e lá fui eu, desengonçada, para o exame. Uma vez terminado, voltei ao quartinho para me vestir novamente, e é aí que a tragédia se inicia. Quando desembolei o emaranhado de roupas, não conseguia encontrar a calcinha. Justo ela! Separei todas as peças e não achei. Confesso que cheguei a olhar dentro da bolsa e até dentro do livro, mas nada. Me vesti nervosa, pensando que a lingerie certamente estaria na sala da consulta. Fiquei na dúvida se devia voltar lá para tentar resgatá-la, mas o médico era um cara novo e achei que seria no mínimo bizarro bater na porta e perguntar: "Oi, doutor! Você por um acaso viu minha calcinha?". Conformei-me com o fato de que, se ela lá estivesse, lá permaneceria – e o médico teria seu dia de Wando. Ainda dei uma última procurada no corredor que dava para o saguão, mas a tal atendente veio me perguntar se eu tinha perdido algo. Fiquei constrangida de confessar a verdade e falei que só estava checando para ver se não havia esquecido nada. Fui embora com a sensação de concretizar aquele famoso pesadelo em que a roupa some e a gente se vê pelada na rua. O percurso do Irsa até o carro era pequeno, mas o suficiente para que minha ruína fosse completa. Uma breve caminhada e a calcinha caiu no meu pé. Isso mesmo: caiu no meu pé. De onde? Não sei. Talvez tenha ficado enganchada no short ou no casaco, talvez tenha caído do céu mesmo. A esta altura da vida, acredito em qualquer coisa. Só sei que meu primeiro reflexo foi pisar na mardita para decidir o que eu faria com ela. *Should I stay or should I go?* A vontade era ir e deixar tanto a calcinha quanto aquele episódio ridículo para trás, mas achei pouco ético obrigar algum desconhecido a recolher minhas peças íntimas pela rua. Abaixei furtivamente e peguei a lingerie. Fui andando em marcha atlética até a lixeira mais próxima e me livrei daquele pesadelo. A única coisa triste foi que eu não acordei depois disso.

Rayanne: *Hahahahahahahahhahah Imagina se a calcinha estava o tempo todo agarrada em alguma parte da sua blusa e as pessoas do Irsa ficaram constrangidas de te avisar???*

> **Carlos:** *Pessoal ainda comentou: "Aquela louca não sabe nem se vestir, olha lá".*

Bárbara: *Fico só imaginando a cara dos seguranças da clínica que ficaram, no final do dia, olhando todos os seus passos pelas filmagens das câmeras.*

Cauane: *Hahahahahhahahahauahah Fiquei imaginando você indo na sala do médico toda vermelha: "Doutor, acho que esqueci minha calcinha aqui. Posso verificar?".*

> **Milla:** *Ou então: "Doutor, acho que meu brinco caiu aqui". E saio com uma calcinha na mão. Kkkkk*

lobo mau

Benjamin está naquela fase de inventar as brincadeiras e atribuir os papéis que devemos então desempenhar. Na manhã de domingo, ele me informou que o lobo mau estava vindo nos pegar. Catamos uns gravetos no chão para usarmos como arma, elaboramos as estratégias de batalha e partimos para o ataque, derrotando o vilão. Achei que tivesse cumprido minha tarefa, mas o defunto do lobo nem tinha esfriado e Ben já me informava que o malvado havia voltado para nos pegar. A saga se repetiu umas 300 vezes: o lobo tentava entrar, nós o mandávamos embora, ele ignorava nossas ameaças e invadia a casa. Não nos restava outra alternativa, senão jogar nele bombas de fabricação caseira, das quais o lobo agilmente desviava. Nosso último recurso sempre era o sabre de luz, que nos garantia a vitória triunfante. Em algum momento, percebi que, não importava a quantidade de vezes que repetíssemos a saga, Benjamin sempre iria recomeçá-la. Comecei a me sentir como naquele filme em que o Bill Murray fica preso no Dia da Marmota e vive todos os dias a mesma situação. Desesperada (como o Bill Murray no filme), resolvi mudar a brincadeira e propus a Benjamin que agora eu seria o lobo mau. Ele ficou meio animado, meio ouriçado, esperando para ver no que consistia aquela história. Fui para o lado de fora da casa e gritei com voz grossa: "Posso entrar?". E ele respondeu de dentro: "Nããããão!". Retruquei: "Eu vou entrar assim mesmo!". E ele: "Nããããão!". Falei com meu vozeirão: "Eu vou pegar Benjamin!", e comecei a andar tipo uma mistura de múmia com zumbi. Ele ria e gritava, nervoso, mas gostando da brincadeira. Quando cheguei perto, o pobre exclamou: "Eu não sou Benjamin! Eu sou o papai Sérgio!", na tentativa, talvez, de confrontar o lobo fingindo ser a maior pessoa que ele conhecia. Não sei se sou uma boa mãe, mas falei: "Eu vou pegar papai Sééééérgio!". Imaginei que ele fosse sair correndo, mas, ao contrário do previsto, aproximou-se, abraçou minha perna e falou, também engrossando a voz: "Eu sou o lobo mau bebê. Eu sou seu filho!". Caí na gargalhada, ao mesmo tempo em que o abracei, e juntos fomos aterrorizar o mundo. Bom, não podemos negar que essa criança consegue lidar bem com situações de crise.

Jordan: *Você está ensinando Benjamin a fazer bombas caseiras? Temos aqui um black bloc mirim?*

Milla: *Na verdade, as bombas eram as folhas do jardim, que a gente tirava o cabinho, tacava e gritava "POW!".*

Jordan: *Não tem mamonas aí, não? Melhor bomba de jardim. Kkkkk*

Milla: *Melhor não, afinal eu sou o lobo mau! kkk*

Jordan: *Está na chuva, é para se molhar!! Hauahaua*

Milla: *Talvez insira esta modalidade de bomba apenas quando a brincadeira for lobo mau mãe e lobo mau filho versus humanidade.*

Sheila: *Já que não se pode contra, junte-se aos bons ou aos lobos maus.*

Jordan: *VIU, MILLA. ELA PENSOU COMO EU! HAUAHAUAHA*

Milla: *Sheila, eu estava falando para o Jordan que, na minha interpretação, ele optou por ser o lobo mau bebê, pois sabia que uma mãe, mesmo má, jamais machucaria seu filho.*

chicungunha – parte I

Ontem fui parar no hospital com suspeita de chicungunha. Sentia dor por todo o corpo e tanta febre que chegava a ter calafrio. Eu sou dura na queda para muitas coisas, mas quando estou doente me torno um verdadeiro bebê chorão. A médica começou a anamnese e descrevi os sintomas, tentando manter algum grau de maturidade. Ela começou, então, a perguntar:

– Está com náusea?

– Não.

– Sangramento?

– Não.

– Dor abdominal?

– Não.

– Tosse?

– Não.

– Dor de garganta?

– Isso eu estou – respondi alarmada, e comecei a chorar igual a uma idiota, já imaginando o diagnóstico macabro que ela acabava de fechar em decorrência da afirmativa.

– Por que você está chorando? – a médica perguntou.

– Porque estou passando muito mal – menti, sem coragem de dizer que era por puro cagaço mesmo.

Enquanto ela escrevia os exames que eu teria que fazer, peguei o celular e pesquisei desesperada no Google: “Chicungunha, dor de garganta, morte”. Nenhuma ocorrência elucidativa. Tomei coragem e perguntei:

– Doutora, te parece grave?

– Acredito que seja uma hemovirose – ela respondeu.

– Mas é caso de morte? – recoloquei a pergunta, de forma louca, porém objetiva.

– Morte? Não – ela disse, com um semblante interrogativo.

Foi aí que comecei a chorar de novo, desta vez de alívio.

– Estou passando muito mal – tentei justificar novamente, mas sem qualquer esperança de que ela não suspeitasse da minha sanidade mental.

Cláudio: *A suspeição sobre a sanidade mental ela confirmou quando você* *começou a pesquisar no Google...*

Milla: *Eu fui muito discreta na minha pesquisa. Acho que ela não percebeu...*

Cláudio: *Imagino como era sua expressão esperando a sentença de morte a cada rolagem de página...*

Milla: *Eu estava passando tão, mas tão mal que acho que a única surpresa dela era como alguém naquele estado poderia se interessar por mexer no celular.*

Juliana: *Pesquisa no Google = Morte kkkkkkk*

Milla: *Até que desta vez tinha uma página falando "doença que raramente leva à morte"...*

Cláudio: *PS: Desejo que você fique doente mais vezes, Milla. Só assim a gente se diverte. :P*

Dircinha: *Cruz-credo, bate na madeira.*

Cláudio: *Dircinha, só um pouquinho... para ela ter estas inspirações. Todo mundo concorda que os apertos da Milla são muito divertidos.*

chicungunha – parte II

Hoje fui ao hospital pela milésima vez para aquela rotina de tirar sangue, avaliar o número de plaquetas, tomar soro etc. Estava na sala de medicação quando entrou uma senhorinha de 90 anos com o filho. Ela mal sentou na poltrona e já falou num tom acima do normal:

– Vocês vão me dar remédio? – como se se tratasse de um procedimento totalmente inesperado para um paciente no hospital.

No ato, pensei: "Essa velha é boa", e fechei meu livrinho para acompanhar com mais atenção o diálogo com o enfermeiro. Ele respondeu que sim, remédio para dor, ao que ela retrucou com desdém:

– E eu preciso de remédio para dor?

"Essa daí é sinistra", constatei, e continuei observando. O enfermeiro pegou o acesso, com aquele papo de que vai ser só uma picadinha (papo que eu estava achando completamente desnecessário, tendo em vista a macheza da velha), e meteu a agulha. Ela falou, então, num tom pelo menos três vezes mais alto do que antes:

– Ai, vai pro cacete! – e depois remendou, explicando para o filho: – Isso dói que nem quando a gente frita ovo com óleo quente.

O filho ingenuamente ainda tentou lançar um "shhh, estamos no hospital", mas levou logo um cala-boca homérico. Ela continuou:

– Se minha dor é neste braço, por que colocaram a medicação no outro?

O filho, superatencioso, explicou:

– Porque o remédio vai correr o corpo todo pelo sangue.

– Ih, isso vai demorar – ela falou impaciente. – Estou com fome.

A mocinha que estava sentada ao lado comentou, tentando ser simpática:

– Ah, mas hoje a senhora vai almoçar onde quiser, né?

– Oi? – perguntou a senhorinha.

A moça repetiu e desta vez a velha olhou para o filho com aquele olhar de "traduz". Este, talvez para simplificar o comentário, se limitou a perguntar:

– Onde você quer almoçar hoje?

E ela retrucou malcriada:

– Por quê? Na sua casa não tem almoço??

Não satisfeita, virou para os demais pacientes e exclamou:

– Filho único dá muito mais trabalho!

Nisso eu e mais uns sete adoentados, todos prostrados, com soro na veia, demos uma gargalhada em uníssono, felizes por Deus ter mandado a versão niteroiense de Dercy Gonçalves para alegrar o nosso dia.

Cláudio: *A pergunta que não quer calar: "Qual o livrinho que a Milla estava lendo no hospital?". A gente já sabe que Nietzsche atrai a solidariedade dos doidos, por eventos passados...*

Milla: *Estava lendo o mesmo livro do shopping...*

Cláudio: *Está explicado o aparecimento da Dercy...*

chicungunha – parte final

Depois dessa chicungunha, eu me tornei uma pessoa muito neurótica com mosquito. Sinto-me até revivendo o pavor que tive quando era criança e estudei, aterrorizada, um mal chamado "doença do sono", em que a vítima ficava em sono profundo ou morria. Não sei por que, mas eu tinha verdadeiro pânico dessa doença. O vetor era uma tal de mosca tsé-tsé (para vocês verem o nível do trauma, lembro até o nome do vetor), que para o meu consolo só era encontrada na África. Então, de noite, quando eu rezava – pedindo e agradecendo a Deus por todas as coisas – muitas vezes incluía na minha lista a gratidão por não termos, no Brasil, terremoto, furacão, vulcão, ebola e mosca tsé-tsé.

Amanda: *Caramba! Eu também sou neurótica! Comigo começou, não com a tsé-tsé, mas com o culex e a elefantíase (ambos presentes em Niterói, por sinal 😨). Só comecei a relaxar um pouco depois que notei que a chance de pegar é ínfima. Sigamos nos agradecimentos por não termos contato com essas doenças*

> **Milla:** *Elefantíase também me apavorava. E vira e mexe eu vejo alguém com a doença.*
>
> **Amanda:** *SÉRIO?! Eu nunca vi! Meldels!*
>
> **Milla:** *E quando eu vejo, apresso o passo com medo de pegar. Kkkk*
>
> **Amanda:** *hahahaha! Faria a mesma coisa*

Jordan: *Eu conheci o mosquito tsé-tsé graças aos gibis da Turma da Mônica. hahauauah*

> **Milla:** *Eu conheci algumas das melhores coisas da vida pelos gibis da Turma da Mônica.*
>
> **Jordan:** *Para que escola, não é mesmo?*

Simone: 😂 😂 😂 😂 *Não é à toa que nós nos amamos... Tive esse mesmo trauma quando criança. E pior, nem sei de onde tirei isso, acho que foi de um documentário a que assisti desavisadamente. Para quê? Fiquei neurótica com isso. Não existia Google, então fui pesquisar em enciclopédias, mas nada me tirava o medo da doença e da "bendita" mosca tsé-tsé, que ninguém conhecia.*

Viu, Milla, somos todas malucas!

Milla: *Acho que os loucos têm um radar interno para identificar os pares. Kkk*

Andrea: *Kkkkkkk. Eu só tinha medo que minha mãe morresse... rs*

Milla: *Eu também, mas tinha medo de que ela morresse com a mosca tsé-tsé. Kkkk*

Cláudio: *Meu trauma era o medo de cair da beira de um cais na hora do embarque e ser espremido por um navio imenso...*

Milla: *Que cais, gente?*

Cláudio: *Do Porto de Vitória. Eu sonhei várias vezes com isto. E tinha um detalhe: para ingressar no navio eu tinha que comprar um balão de gás. Daí, na hora do embarque, o balão sempre estourava e eu não conseguia entrar. Então caía e ficava espremido entre o navio e o cais. Foi tensa a minha infância.*

Milla: *O que eu acho mais surreal da criança é que ela imagina coisas loucas, sofre com isso e não conta para ninguém. Eu também tinha vários medos completamente insanos. Vou te contar uma coisa muito dura de confessar. Quando eu era criança, tinha muito medo de ET. Não sei por que, mas tinha pavor de ser abduzida. E, quando tinha 7 anos, nos mudamos do apartamento em que morávamos para uma casa. Por algum motivo, a minha paranoia do ET ficou mais forte na casa. Eu dividiria quarto com a minha irmã, que eu sempre amei loucamente. Ela, generosa, me deixou escolher com qual cama eu ficaria e escolhi a que era longe da janela para o ET não me pegar quando adentrasse a nossa casa. Gente, fico pensando que era muito mais razoável eu falar com a minha irmã sobre o perigo do ET, e pensarmos estratégias para não sermos pegas, do que simplesmente jogá-la aos leões.*

Cláudio: *Acho que você fez bem em deixar sua irmã como defesa. Aposto que os ETs só tinham intenção em fazer experiências com você. Eu, por outro lado, morei num sobradão em Paraty que todos diziam que era mal-assombrado. Minha família morava num apartamento* *funcional e, como era mínimo, foi anexada uma sala, onde eu dormia, que ficava exatamente no local onde diziam que tinha espíritos de escravos queimados em fornalhas e que viviam ali assombrando.*

Cláudio: *Detalhe: as janelas eram tipo guilhotina e quando ventava fazia um barulho muito esquisito. Dá pra imaginar?*

Milla: *Incrível termos nos tornado as pessoas maravilhosas que somos hoje.*

Dircinha: *Eu tinha um medo monstruoso de minha mãe morrer, e medo também de entrar ladrão em casa. Lembro que, aos 7 anos, dormia com uma tesoura embaixo do travesseiro. Nunca ninguém soube disso, mas saberiam se algum mal informado tentasse entrar na minha casa.*

Jordan: *Em vez de colocar dente embaixo do travesseiro, a pessoa colocava tesoura. ahahahaha*

Dircinha: *Jordan, o que eu faria com um dente embaixo do travesseiro? Dente é bom dentro da boca mesmo.*

Milla: *Olha que perigo, a criança dormir com uma tesoura embaixo do travesseiro! Mas confesso que, mentalmente, tenho vários estratagemas para quando o ladrão entrar na minha casa.*

he-man

Os anos 80 eram uma época tão louca que, mesmo sabendo que She-Ra e He-Man eram irmãos, a gente torcia pelo namoro.

Dircinha: *Nunca soube que eram irmãos. Também, não assistia...* 😂😂😂

Milla: *Bastante enriquecedor seu comentário. Obrigada por contribuir com este debate.*

Dircinha: *Ué, quer que eu minta?*

Juliana: *Eles não eram irmãos! Está doida?*

Jordan: *Briga, briga, briga!*

Milla: *O primeiro episódio de She-Ra dá todos os detalhes. Eram irmãos e gêmeos, ainda por cima. Kkk*

Jordan: *Acho justo marcamos um dia para verificarmos juntos esse episódio. É um assunto que não pode ficar sem resposta.*

Milla: *Tem, inclusive, uma música da Xuxa (super inadequada, por sinal) que nos dá a prova cabal: "Por Grayscow, She-Ra, me apresenta pro He-Man. Seu irmãozinho é uma gracinha e eu sou todinha do bem".*

Juliana: *Essa música é péssima! Xuxa canta com uma vozinha de tarada da piscina.*

Jordan: *Quem é a tarada da piscina? Não conheço essa lenda urbana (infelizmente).*

Milla: *Também não conheço a tarada da piscina. Juliana, aguardamos maiores esclarecimentos.*

Luis: *Tarada da piscina?!* 😲

Luis: *Até esqueci sobre o He-Man e a She-Ra!*

Milla: *Parece algo mais promissor do que um incesto...*

Juliana: *Vocês não conhecem a tarada da piscina???*

Jordan: *Não. Conta logo, porque estamos todos curiosos. Mas só a nível de conhecimento mesmo.*

Milla: *Fui procurar no Google e apareceu um monte de vídeo pornô...*

Luis: *Nem me atrevi a procurar porque já imaginava essa correlação. Isso só ressalta o fato de que Juliana nos deve uma explicação!*

Jordan: *Lenda urbana XXX.*

injustiçados

Semana passada meu carro foi rebocado. No dia seguinte fui a primeira a chegar no depósito para resgatá-lo. Num primeiro momento, me surpreendi com a tranquilidade do lugar, sem uma alma viva reclamando do reboque, da multa ou da burocracia para a retirada. Enquanto aguardo me chamarem para buscar o carro, algumas pessoas vão chegando – um rapaz, um senhor e um casal –, todos ensimesmados com o próprio problema. Dali a pouco, vem mais um desafortunado, mas este já entra falando no celular num tom de voz tão alto que só posso acreditar que ele se direciona a todos os presentes: "Brincadeira, rebocaram meu carro ontem, em pleno domingo!". Naquele momento, soube instantaneamente que havia chegado o encrenqueiro do grupo. Ele se dirigiu ao guichê, ignorando qualquer ordem de chegada: "Para saber se o carro está aqui tem que esperar na fila?". "Claro", respondeu a atendente ríspida, provavelmente com a mesma intuição que eu. Ele sentou, mas não sossegava. "Não deve precisar pagar diária", ele falava ao Deus dará, com todos e com ninguém. "Precisa, sim", eu respondi. A verdade é que adoro inflamar os encrenqueiros e sei que só o que eles precisam é de um interlocutor para iniciar o seu levante. Ele vira para mim e fala, ainda como se estivesse num palanque: "Um absurdo! Rebocaram meu carro ontem naquela rua de trás do Abel. Eu paro ali há seis meses para jogar futebol e nunca tive problema". Pronto: a revolução se iniciava. O outro rapaz, antes quieto, falou que estava no mesmo futebol e ainda resmungou que a rua nem placa de "proibido estacionar" tinha. O senhor complementou dizendo que havia estacionado perto do Rio Cricket, num lugar também sem qualquer tipo de sinalização. A mulher do casal comentou que, com ela, tinha sido parecido e que, certa vez, o reboque tirou o carro do irmão dela da vaga e largou em outra rua. Só faltava eu esclarecer as circunstâncias do meu reboque. "Parei o carro num ponto de táxi e tinha placa indicando", falei constrangida por ser a única aparentemente culpada do grupo, "mas estava tudo tão vazio que não reparei", remendei, tentando não parecer tão idiota. "É um absurdo!", exclamou o encrenqueiro: "A pessoa não pode se distrair um instante que esses urubus rebocam o carro". Concordei imediatamente e fiquei feliz por ter sido aceita no grupo dos injustiçados. Finalmente me chamaram para retirar o carro. Me despedi do grupo, que calorosamente me desejou sorte, proteção, saúde e felicidade, naquele tom de solidariedade que só existe entre as pessoas que passam juntas algum tipo de sufoco. Sem dúvida, o melhor do Brasil é o brasileiro.

Jordan: *Eu quase parei de ler no "ensimesmados". Isso é de comer?*

Milla: *Mas ensimesmados é autoexplicativo!*

Cláudio: *E eu dizendo pra todo mundo que você era um exemplo de cidadã...*

Milla: *E eu sou... aumentei o PIB da cidade e tudo! kkk*

Luis: *Milla, das salas de aula às práticas ilícitas previstas pelo Código de Trânsito! Ahahaha*

Milla: *Eu sou apenas uma vítima da sociedade! Foi o que o moço disse!*

Luis: *Todos dizem isso!*

Milla: *Mas sou aquele 1% que é de verdade.*

bombí

Hoje eu e Ben estávamos lutando contra as forças do mal no jardim, quando ele apontou para um canto, deu uns golpes com a "espada" (uma folha de samambaia) e gritou freneticamente: "Matei o bombí!". "Bombí?", eu perguntei. "Não!", ele respondeu raivoso: "Bom-bí", explicou quase de forma didática. "Bandido?", arrisquei. Não era. "Hômi?". Também não. "Bomba?". Não. "O que você matou, meu filho?", e me abaixei para tentar fazer uma leitura labial. "Bombíiii!", ele gritou sem paciência. "Você matou o Bambi?", perguntei temerosa de o garoto ser um psicopata. "Não", e tacou a folha de samambaia no chão, batendo os pezinhos com raiva. Ele colocou os bracinhos para a frente e falou, com uma voz de exorcista: "Bombí!". "Zumbi!", eu gritei e ele abriu um sorriso. "É zumbi, então?", perguntei afinal, e ele, desdenhoso, sentenciou: "É, ué. Bumbí".

Jordan: *Em sua defesa, eu digo que a primeira coisa que imaginei foi "Bambi" e, em defesa dele, digo que entre "bombi" e "zumbi" há uma certa semelhança sim. Mas a julgar pela explosão furiosa desse jovem psico, prefiro ficar do lado dele. Sinto muito.*

> **Milla:** *Você é do tipo que se torna lobo mau bebê em situações de crise, né?*
>
> **Jordan:** *Sobrevivência é o instinto primário de qualquer ser vivo.*
>
> **Julia:** *Em defesa do meu afilhado, digo que, logo no início da história, pensei em zumbi, afinal vocês estavam brincando de forças do mal! Como você não pensou logo nisso, Milla? Kkkkkk*
>
> **Jordan:** *Mas aí você já está partindo de um pressuposto de que zumbis são seres do mal. Olha o preconceito aí. Os coitados não conseguem nem ficar em pé direito.*

Adriana: *Também não entendi, mas, assim como Jordan, fico do lado de Ben... Vai que...*

> **Jordan:** *Se não pode com ele, junte-se a ele. kkkk*
>
> **Milla:** *Vai que você leva uma folha de samambaia na cabeça! kkk Pode ser fatal.*

Bárbara: *Ah, que alívio, eu também estava com medo de ter matado o Bambi!*

Milla: *Graças a Deus, aqui em casa, somos pessoas de bem: só exterminamos criaturas malignas.*

Dircinha: *Ah, minhas samambaias! É assim que, vira e mexe, encontro no chão.*

Nelly: *Dircinha, pensei logo em você quando a samambaia veio abaixo... rsrs*

Milla: *Gostaria de ressaltar que, quando briguei com a criança por ter pego a samambaia, a própria Dircinha afirmou que a folha já estava quebrada no chão.*

Sheila: *Ô, mãe, já basta eu não conseguir pronunciar direito! Mas você???!!!*

Dircinha: *Ele fica danado quando não entendemos. E o pior é que, quando engano que entendi, ele fica esperando repetir para ver se é verdade.*

Milla: *Pois é! Ele não deixa a gente dar aquele golpe de falar "ah, é?", como se tivesse entendido. Tem que repetir a palavra corretamente para provar que entendeu! kkkk*

Augusto: *Ainda bem que era um zumbi e não um bambi. Ele está preparado para o apocalipse zumbi fácil! Haha*

Milla: *É verdade. Ao que me parece, o segredo está em usar folhas de samambaia. kkkk*

Dircinha: *Milla, que as minhas samambaias não sejam o alvo.*

Milla: *Elas apenas serão a arma. kkk*

Etienne: *Quando li pensei em bombril, mil utilidades.*

Milla: *Ele pediu para brincar de "Bidusa e Persego". Só depois que fui entender que era Medusa e Perseu... kkk*

as bodas de fígaro

Está em cartaz no Municipal de Niterói "As bodas de Fígaro", e como eu simplesmente amo ópera aceitei o convite da minha prima Julia para assistirmos ao espetáculo. Antes de tudo, é importante dizer que Julia é a pessoa mais cagona que conheço. Sempre que vamos ao teatro, ela se recusa a sentar nas primeiras fileiras, porque tem medo de que os atores interajam conosco. Mesmo nas "Bodas de Fígaro", ela comprou ingressos na terceira fila, ainda que eu argumentasse nunca na vida haver visto um cantor de ópera interpelar o público. No entanto, chegando ao teatro, achei ótimos os lugares, bem na frente, com uma visão muito boa do palco. Animadas, sentamos nas poltronas, doidas para comer o pão de queijo que havíamos acabado de comprar. A lanterninha, contudo, se aproximou e educadamente informou que não podíamos consumir alimentos dentro do teatro. "Quando apagar a luz, a gente come", cochichei com Julia. "Qual mesmo o apelido que o pediatra te deu?", ela perguntou. "Algo parecido com terrorista", respondi, e rimos. Mal as luzes se apagaram, comecei a mexer no saquinho de pão de queijo e minha prima repetiu sussurrando: "Terrorista". Dei o pão de queijo dela, mas, nervosa com a transgressão, a pobre só quis comer um. Satisfeita a minha fome, tínhamos agora um novo problema: como a ópera era em italiano, era preciso acompanhar a legenda, que, neste caso, estava quase junto ao teto. Nós, que estávamos sentadas bem à frente, tínhamos que olhar muito para cima, forçando o pescoço. Depois de algum tempo de espetáculo, olhei ao redor e vi que havia lugares vagos, inclusive nos balcões, o que seria perfeito, pois eles estavam na altura da legenda. Considerei propor a Julia de fingirmos ir ao banheiro e mudarmos de lugar, mas imaginei que ela não iria aderir ao plano. Lá pelas tantas foi anunciado o intervalo e todos se levantaram. Percebi que aquela era nossa grande chance de literalmente salvar nossos pescoços e falei, não em tom de proposta, mas de instrução: "Julia, o negócio é o seguinte: tem uns lugares vagos lá em cima. Vamos subir rápido as escadas e ninguém vai perceber que trocamos". Saí andando para que a cagona não hesitasse e ela veio atrás, perguntando ansiosa: "Mas será que pode?". Quando chegamos no início na escada, tinha uma mulher consultando a lanterninha: "Eu vi que tem uns lugares vazios e estou com dificuldades de ler a legenda. Será que posso trocar de lugar?". Julia parou atrás da mulher e me olhou, como se pedisse que eu também legitimasse a operação. No entanto, passei reto e, por trás da lanterninha, fiz um sinal análogo ao que os policiais fazem para seus parceiros quando indicam que devem prosseguir na invasão do território inimigo. Meu raciocínio era o seguinte: se eu perguntasse e a resposta fosse "não", nós nem poderíamos tentar. Por outro lado, na surdina, era bastante difícil que alguém nos negasse a troca. Subimos sorrateiras e sentamos no balcão que ficava bem ao lado do balcão central. Eu havia percebido que este estava ocupado, mas que aqueles ao lado estavam vazios. Fiquei um pouco agitada de pegar logo um dos melhores assentos do teatro, porém, como diria Zé Ramalho, "não vou me sujar fumando apenas um cigarro". Soou a primeira e, depois, a segunda campainha, levando algumas pessoas a voltarem aos seus lugares. Quando tocou a terceira e última campainha, comentei com Julia: "Agora que vamos descobrir". Ela arregalou os olhos como se tivesse visto uma aparição e perguntou horrorizada: "Descobrir o quê??", ao que respondi com um riso nervoso: "Se estes lugares têm dono, oras". "Mas você não tem certeza?", ela questionou com a voz trêmula, ao mesmo tempo em que também ria de nervoso. Pensei com os meus botões que certeza, certeza, a gente só tem da morte, mas como não queria que ela entrasse em pânico, apenas comentei que, de lá de baixo, havia avistado os lugares vazios, mas que nunca se sabe. Ela ralhou comigo, dizendo que eu era mesmo uma subversiva e argumentei que todos os personagens de "As bodas de Fígaro" eram subversivos e isso nos deixava em um estado de espírito transgressor. "TE deixa", ela respondeu, meio rindo, meio desesperada. A cada vez que a cortininha da entrada para os balcões se abria, meu coração pulava, e imagino que o de Julia dava um salto triplo carpado. Vendo a exasperação dela, me deu um ataque de riso, o que, provavelmente, a encheu ainda mais de pavor. Demoramos até conseguir parar de saltar ao escutar qualquer ruído atrás de nós, com o subsequente ataque de riso. No final, perguntei a ela se a subversão havia valido a pena. Ela apenas riu. "Falando sério, você acha que valeu?", insisti. "Valeu", ela falou sucintamente, não sei se ainda abalada pelo trauma ou pela perspectiva de se ver envolvida em outro tipo de operação ilegal.

Jordan: *Eu compartilho total desse medo dela. Está doido, sentar na frente e ser chamado para o palco! Eu finjo desmaio se for necessário. hauahaua.*

Milla: *Só não ir! kkkk. Só fui para o palco uma vez, quando eu ganhei o sorteio no fim da peça. rs*

Jordan: *Ganhando brinde são outros quinhentos... hahahaha*

Adriana: *Achei o máximo. Eu quero logo o camarote! Sou destas... Se não for para aparecer, nem saio de casa! Kkkkkkkk*

Milla: *Se é para sair da lama... kkkk*

Maria: *Deve ser duro ser prima da subversiva Milla Benicio! kkkkkkkk*

Milla: *Eu acho que deve ser legal! Posso garantir que nunca ninguém riu tanto nas "Bodas de Fígaro"! Kkkk*

foto de natal

Papai Noel anda muito mesquinho. Outro dia, eu e Sérgio levamos Benjamin ao Plaza para ver o bom velhinho. Notei que havia um estande, onde se vendia por 30 reais uma foto com o dito cujo. Achei o preço indecente, mas entrei na fila de qualquer jeito, pois o que havia motivado o passeio era a experiência de Ben estar com o Papai Noel e não de tirar foto com ele. Só para garantir, fui até um dos duendes e perguntei se aqueles que só dessem um alô para o bom velhinho precisavam pagar. "Ahh, não", ele respondeu, "falar com o Papai Noel é de graça, só não pode tirar foto, nem do celular". Achei aquilo um abuso. Tudo bem cobrar pela foto profissional e impressa, mas Papai Noel está ali para nos atrair ao shopping e nos levar às compras. O mínimo que ele deve nos oferecer sem cobrar é escutar o que a criança quer de Natal e tirar uma foto amadora para registrar o momento. Voltei injuriada pra fila, reclamando da extorsão natalina. Para me apaziguar, Sérgio propôs tirar a foto de longe, sem que os duendes vissem. Adorei a ideia, porque, como vocês sabem, sou mais implacável do que bicha vingativa. E, no fim das contas, não era pelos 30 reais, nem por 30 centavos. Não era nem mesmo pela foto (até porque, se eu quiser, faço uma montagem no Photoshop dos dois juntos no Polo Norte, rodeados de renas ou mesmo de pinguins). Era mais de pinimba, para usar o linguajar nordestino de Sérgio. Animada, dei todas as instruções ao meu parceiro de crime. Expliquei que não precisava ficar muito longe: bastava ele fingir que estava falando no telefone e, despretensiosamente, fazer os tão almejados cliques. Quando chegou na nossa vez, fui com Benjamin até o Papai Noel. Sentamos na cadeira, conversamos, sorrimos. Eu só pensava nas fotografias lindas que Sérgio devia estar tirando. Demos adeus ao Papai Noel e corremos num canto para ver os frutos do nosso delito. Para a minha decepção, as fotos, além de desfocadas, nem ao menos nos enquadravam. Em uma, aparecia um pedaço da árvore de Natal. Noutra, a cabeça do duende, e por aí vai. "Você estava sem óculos?", perguntei, tentando compreender o fracasso da nossa missão. "Não, mas como você queria que eu visse com o celular na orelha?", ele respondeu. Gente, em vez de fingir que estava no WhatsApp, Facebook ou Instagram, o homem ficou tirando foto com o celular no ouvido, como se estivesse conversando com alguém! Ao mesmo tempo em que morri de raiva da falta de talento dele na arte da transgressão, passei um bom tempo rindo sozinha, ao imaginá-lo com o aparelho no rosto tentando acertar o enquadramento. E assim eu aprendi que o crime não compensa. Pelo menos, não com um cúmplice destes...

Jordan: *Sobre o enquadramento malfeito, deixe-me fazer uma indagação: havia alguma Mamãe Noel presente? Se a resposta for procedente, aí estará a explicação.*

> **Milla:** *Olha, havia várias duendes, mas nenhuma capaz de ofuscar minha beleza...*
>
> **Jordan:** *Ah, disso eu não tenho a menor dúvida!*
>
> **Milla:** *Então por que levantou a hipótese?* 🤔🤔
>
> **Jordan:** *É verdade. Droga. Perdi a piada.*

Cláudio: *Que absurdo, Milla. Incitação ao crime é uma coisa grave. Vai que ele toma gosto pela coisa...*

Daniela: *Sérgio Câmara ou Câmera?* 🤣🤣🤣🤣

Maria: *Professora, você precisa ensinar ao professor Sérgio a arte da subversão.* 😁

> **Milla:** *Eu tento, mas quando a pessoa não leva jeito...*

Luis: *Crime impossível!*

> **Milla:** *Honestamente, eu nunca vi um crime mais fácil...*

conversadeira

Não sei por que, mas tenho muito azar em sala de espera de consultório médico. Talvez meu erro seja o de criar expectativa demais: sempre acho que aquele vai ser um momento excepcional, em que vou conseguir adiantar ao menos uma das 300 coisas urgentes que preciso fazer para ontem. Desta vez não foi diferente. Fui ao otorrino com um pacote imenso de provas para corrigir e a esperança ingênua de sair dali com a tarefa cumprida. Animada, logo empunhei a caneta vermelha e dei início a um ritmo frenético de correção. Devia estar apenas na terceira prova, quando senta uma mulher do meu lado. De cara, tive um mau pressentimento, porque havia umas cinco cadeiras livres – em que ela poderia sentar sem ter nenhum "vizinho" –, mas, desgraçadamente, a figura escolheu se acomodar ali, grudadinha em mim. A pergunta óbvia que logo me coloquei foi: quem, em sã consciência, poderia voluntariamente optar por um assento colado numa desconhecida, cujo motivo da consulta médica é, ainda por cima, ignorado? "Por via das dúvidas", pensei, "não vou falar nem bom dia, que é para não dar brecha a nenhum tipo de conversê". Continuei compenetrada na minha correção, alheia ao mundo ao redor, embora minha visão periférica me informasse que a moça estava olhando na minha direção. Não demorou para que ela exclamasse:

– Vocês são uns heróis!

Olhei para o lado, dei um risinho sem graça e falei:

– É verdade – sem nem chegar a parar de corrigir as provas, mas já com a certeza de que meu momento mágico começava ali a descer pelo ralo.

– Hoje mesmo já fui em outros dois médicos (?!) e nos dois tinha "um de vocês" corrigindo provas sem parar.

– É muita prova – respondi. – Qualquer tempo é precioso – concluí, quase implorando por paz.

– Na minha época, o professor corrigia a prova no horário da aula – ela disse.

– Que sonho! – retruquei, e continuei olhando para o papel, embora já não conseguisse ler mais nada.

– O professor corrigia e chamava pelo nome para entregar – ela continuou.

– Ah, assim é que é certo! – eu disse.

– Você é professora de onde?

Danou-se. As intenções da mulher eram claras: ela queria um bom papo às minhas custas. Decidi lançar mão de uma das minhas melhores estratégias para frear pessoas conversadeiras: respostas monossilábicas.

– IFRJ.

– Dá aula de quê?

– Marketing

– Marketing? Eu também sou formada em marketing!

– Olha, que legal

– Na verdade, sou formada em marketing, direito e letras.

– Olha só... que legal...

– Meu marido é seu colega lá na UFRJ.

Neste ponto, me vi frente a um dilema: daria mais pano para manga revelar que IFRJ e UFRJ são coisas diferentes ou deixá-la acreditar que eu trabalhava no mesmo lugar que o marido? Optei por continuar em silêncio. Ela prosseguiu:

– É um absurdo, um verdadeiro descaso. Eles estão acabando com a universidade.

Pronto. Taí o típico assunto dos conversadores de consultório: resmungar sobre a situação do país. Para essa categoria de conversador, a melhor estratégia é concordar com tudo o que a pessoa fala, de modo a extinguir o assunto o mais depressa possível.

– Realmente, esse novo governo é muito preocupante – assenti.

– Mas no governo anterior as coisas já estavam horríveis – ela comentou.

– É, com certeza, esses políticos são todos iguais, né? – retruquei, atirando para todos os lados, já que não havia entendido bem qual era o posicionamento político dela para poder concordar.

– Mas não estou nem falando de política – ela remendou. – O pior são as próprias pessoas.

– É sim, as pessoas são terríveis – repeti quase como um eco.

– Elas não cuidam do patrimônio público só porque é público.

– Verdade, não dão valor à coisa pública.

– Mas isso é coisa do brasileiro, lá fora não é assim.

– É mesmo, lá fora é bem melhor.

– Não digo nem melhor, mas as pessoas não são assim.

– É, cada qual tem suas coisas boas e suas coisas ruins.

– Coitada, você cheia de provas para corrigir e eu aqui te atrapalhando.

– Que isso... – respondi falsamente, com o coração cheio de esperança de que ela fosse finalmente calar a boca.

Mas não calou. Compreendendo que nenhuma tática seria capaz de parar aquela matraca, guardei as provas de volta no pacote e decidi aproveitar o tempo para outra atividade necessária e que não exigisse concentração. Peguei na bolsa uma pinça e um espelhinho e comecei a fazer a sobrancelha, enquanto o raio da conversadeira continuava dando o seu diagnóstico sobre o povo brasileiro. Quando resolvi começar a encher o saco dela discordando agora de tudo, o médico finalmente me chamou.

– Puxa, acabou que você quase não corrigiu prova, né? – ela falou, como se não tivesse nada a ver com isso.

– É, deixa para outra hora... – respondi desanimada.

– Vocês são mesmo uns heróis!

Ela nem imagina o quanto...

Jordan: *Você poderia falar algo do tipo: "É. Gosto de corrigir provas. Mas é tão chato vir ao médico, principalmente com essa doença de pele contagiosa que eu tenho". E, nesse momento, você pegava na mão dela e tossia como quem não quer nada...*

Milla: *Jordan, a pessoa que escolhe sentar colada em outra num otorrino não tem medo de nada nessa vida.*

Jordan: *Até porque a velhinha nem devia mais se preocupar em bater as botas, né?*

Milla: *Vou te contar uma coisa: a conversadeira não era velha...*

Dircinha: *Não sei por que as velhas levam sempre a culpa!* 😂😂😂😂

Dircinha: *Quem sabe você fez muito melhor do que corrigir provas? A pobre estava precisando de alguém para ouvi-la. Ontem, no médico, me lembrei de você. Pensei com meus botões: "Essa senhora", mentira,* *pensei "essa velha daria uma ótima crônica pra Milla". Ela falava sem trégua e pouco se importava com quem enganava estar distraído vendo o celular. Ela não parava, não dava tempo nem para engolir a saliva. A mulher do meu lado disse: "Estou aqui desde 15h30 e ela está falando desde então". Já eram quase 18h...*

Milla: *As pessoas precisam frequentar um psicólogo...*

Dircinha: *Para quê? Fazem terapia em grupo sem gastar um centavo.*

Cláudio: *Você tem que deixar Deus corrigir as provas, Milla. É um método fácil e rápido. É só jogar todas as provas para cima: as que Deus segurar é 10, as que caírem no chão é zero.*

Milla: *Cláudio, tem certeza de que seria Deus operando?*

Cláudio: *Absoluta. E tem a vantagem de que você ficará com a consciência tranquila de não ter cometido nenhum erro, pois a justiça divina é infalível e irretocável...*

Cláudio: *No evento específico, você poderia variar o método. Jogava em cima da vizinha faladeira. As provas que grudassem na língua dela você poderia dar nota 5.*

Milla: *Esta última opção me parece coisa de Deus, sim!*

Sandro: *Super Milla, um superpoder que nunca falha: fones de ouvido. Quando não quiser papo, use-os mesmo desligados.*

JC: *Sandro, o problema é quando, mesmo com o fone, te tocam para falar com você. Aí está o pesadelo! Eu já passei por uma situação em que a pessoa me catucava, sem parar. Precisei fingir que estava dormindo.*

Milla: *Eu sempre achei que iria para o inferno, mas perto de vocês sou um anjo.*

Pillar: *Faz que nem eu, Milla! Raspa o cabelo, faz umas tattoo brabas, seja míope e não use óculos para ficar sempre com a testa franzida e cara de má. Te garanto, ninguém chega perto de mim.*

dr. maurício

Assim que minha irmã se casou, a resistência do chuveiro queimou, e nem ela, nem o marido sabiam como trocá-la. Até hoje não descobri que tipo de comentário Bruna fez sobre a inabilidade do rapaz, o fato é que, não só ele trocou a resistência na ocasião, como, desde então, tornou-se o maior perito em assuntos aleatórios do país, quiçá do mundo. Em pouco tempo, era desnecessário recorrer a eletricistas ou a bombeiros hidráulicos - Maurício rapidamente resolvia qualquer desordem doméstica, além de dar ótimos pitacos como arquiteto e de fazer pequenos reparos como pedreiro. Ele também acabou desenvolvendo técnicas culinárias surpreendentes e receitas próprias, como a melhor quiche de cebola que já comi na vida. No ramo da gastronomia, também atua com maestria como pizzaiolo e churrasqueiro. Nunca esqueço que, quando eu estava grávida, encomendei uma cômoda impossível de se montar: uma infinidade de peças e um manual de instruções horroroso. Impossível para os reles mortais, mas não para o meu cunhado, que logo foi nomeado o padrinho da criança como forma de gratidão pelos serviços prestados. Foi esta a minha sorte, porque, embora eu ainda não soubesse, Maurício é um ótimo pediatra e, no campo da medicina, pode ser considerado igualmente um grande clínico geral, dermatologista, infectologista, ortopedista, oftalmologista, otorrino, alergista, além de - desconfio - ter alguns poderes xamânicos, que se manifestam não apenas nos diagnósticos certeiros, mas também no estranho dom de encontrar as melhores vagas para se estacionar o carro. Importante ressaltar que, ainda na área biomédica, os seres humanos não são a sua única especialidade, afinal ele nos aconselha quando temos problemas com cães, pássaros, gambás ou, eventualmente, plantas, afinal, oficialmente ele é biólogo, embora esta seja sua ocupação que talvez menos nos interesse. É claro que nosso MacGyver tupiniquim não poderia deixar de salvar vidas. Ele já desengasgou duas pessoas, sendo que uma delas com a manobra de Heimlich, em pleno restaurante. Reza a lenda que a carne entalada na garganta do velho voou metros de distância. Além de ter impedido uma gordona de ser levada pela correnteza em Itacoatiara, meu cunhado resgatou um motorista cujo carro caiu dentro do rio. Atualmente, Maurício tem adentrado o universo das novas tecnologias e, após fazer um vídeo ensinando como consertar o controle do Nintendo Switch dos seus filhos, conquistou inúmeros *likes*, tornando-se também youtuber. Às vezes, divertimo-nos apenas tentando listar suas infinitas habilidades, tarefa que, no final, sempre reconhecemos ser impossível. Esta semana, minha irmã me mandou uma mensagem: "Agora Dr. Maurício (é assim que passamos a respeitosamente chamá-lo) também é relojoeiro". Vira e mexe, pergunto a Bruna o que ela lhe disse lá no início do casamento, quando meu cunhado não sabia trocar nem uma resistência, e ela apenas responde misteriosamente: "Por trás de um grande homem, sempre tem uma grande mulher".

Jordan: *O apelido dele é Bombril? Porque, se não for, deveria.*

> **Milla:** *Bombril é muito informal. Chamamos de Dr. Maurício por uma questão de respeito.*

Cláudio: *Deve ter sido uma frase mágica do tipo: "Ou troca esta porcaria ou acaba a lua de mel"...*

> **Milla:** *Não sabemos se o reforço foi positivo ou negativo... Pode ter sido algo como: "Se trocar essa bosta, a lua de mel dura mais".*
> **Cláudio:** *Concluímos que a lua de mel foi o segredo...*
> **Milla:** *Sempre é...*

Alline: *Maurício existe? Hahahagahahagshaha*

Antonia: *Genteeee... que Maurício é esse que não conheço?! Bruninha fez milagres mesmo! Só conhecia essa parte dos animais e das plantas!*

> **Milla:** *Bruna disse que vai fazer palestras motivacionais: "coach" em qualquer coisa.*
> **Antonia:** *Só esse segredo dela vale muito...*

Sônia: *Pergunta que não quer calar: eles estão casados??? Kkkkk*

> **Milla:** *Olha, se por um acaso descasarem, acho que o mantemos na família e a expulsamos...*
> **Dircinha:** *É ruim, hein! Minha filhinha não troco por ninguém...* 😂 😂😂😂

Rosângela: *Todo homem poderia parecer só um pouquinho com o Maurício!* 🙏🙏

Milla: *Maurício que era homem de verdade, Maurício não tinha menor vaidade...* 🎵

Bárbara: *Assim que descobrir o que a sua irmã falou para o MacGyver me conta. Perdi a oportunidade de adestrar o primeiro marido, mas vai que eu caso de novo, né? Logo depois do sim no altar, já solto a palavrinha mágica para a cobaia, ops, marido!* 😂😂😂

Milla: *Descobrir esta palavrinha mágica transformaria as estatísticas de divórcio...*

Bárbara: *Seria uma crise no mercado advocatício.*

Milla: *Mas a família tradicional brasileira agradeceria. kkk*

Bárbara: *E ainda contribui para ninguém soltar a mão de ninguém.* 😅😂😂

Fabiana: *Acho que é de nome... Meu pai, além de médico, também é veterinário, eletricista, marceneiro, entre outras funções.* 😅

Milla: *Se soubesse, tinha colocado o nome do meu filho de Maurício... kkk*

Fabiana: *Achava que era coisa de pessoas "das antigas", mas lendo seu texto cheguei à conclusão de que é o nome mesmo.* 😅

Marcela: *Depois dessa, acho que, ou você já possui um canteirinho contra olho gordo, ou você vai ter que preparar. Só acho...*

Milla: *Tá amarrado!*

Marcela: *Queima, Senhor !!!!*

Milla: *Minha irmã mandou perguntar onde compra este jardinzinho! Kkkkkkkk*

JC: *Ele é o Rodrigo Hilbert de Niterói.*

Dircinha: *Minha sugestão é que troquemos o nome dele de Maurício pra Bonrício...*

JC: *Dircinha, eu acho que devemos manter o mau: um homem com tais virtudes sendo expostas publicamente é um perigo para os demais, que deverão finalmente realizar suas obrigações. Ele está prestando um desserviço para a fraternidade masculina. Portanto, é mau.*

Milla: *E ainda gerando inveja nas demais esposas. Só traz o caos.*

Dircinha: *Pensando por esse lado...*

Larissa: *Dr. Maurício, faça um tutorial para os maridos das leitoras da Milla Benicio!*

Milla: *Ainda mais agora que ele também é youtuber... kkk*

pinguins

Dircinha: Benjamin, do que você mais gosta do Natal?

Ben: Da neve e dos pinguins.

Dircinha: Pinguins? Aqui não tem pinguim, só no Polo Norte.

Ben: No Polo Norte, não. No Polo Sul.

Você leu este diálogo? Agora confere no Google. 🤣🤣🤣

Jordan: *Fiquei na dúvida. É para conferir o que no Google?*

Milla: *Que meu filho sabe mais do que a minha mãe sobre pinguins... kkk*

Jordan: *Mais do que a sua mãe e do que todo mundo, porque duvido que alguém aqui soubesse disso. kkkkk*

Milla: *Acho que nem o Dr. Maurício...*

Bárbara: *Gente, se não fosse esse comentário do Ben, eu jamais descobriria que não existe pinguim no Polo Norte!* 😱 *Cinco minutos de conversa com seu filho gênio resultaria numa desconstrução de tudo em que acreditei a vida toda. Não sei se me empolgo para conhecê-lo ou se fico temerosa...* 🤪😂😂😂

Milla: *Também foi uma quebra de paradigmas para mim. kkkk*

Augusto: *Segundo o Google, aqui não tem pinguins mesmo.*

Milla: *O mais estranho é que, uma vez, eu vi um pinguim na Praia de Piratininga.*

Augusto: *Sério? Hum, vamos averiguar isso, hein...*

Jacky: *Eles aparecem de vez em quando. Inclusive, existe um cara na Região dos Lagos que abriga um pinguim de tempos em tempos. Ele sempre volta na mesma época do ano e vai para a casa desse moço.*

Milla: *Agora sabemos que ele vem do Polo Sul.... kkk*

Augusto: *Agora está explicado...*

JC: *Continua errado. O Papai Noel fica no Polo Norte. Todo o Natal é no Polo Norte. Ele gostar dos pinguins e associar pinguins ao Natal é errado.*

Dircinha: *Vou te contar um segredo: Papai Noel não existe.* 😂😂😂

Milla: *E o Natal é no mundo inteiro, inclusive no Polo Sul. Kkk*

Milla: *JC, não volte a questionar a genialidade do meu filho.* 🤣🤣🤣

carlota

Esta semana, ao chegar em casa, percebi que uma das cachorras havia sumido. Gritamos várias vezes por ela, até que Benjamin, lacônico, perguntou: "Será que Carlota foi para o céu?". Rimos, a despeito de todo o nervosismo. Coloquei meu tênis, peguei a lanterna e parti para procurar a peste pelo condomínio. Berrei e assobiei até encontrá-la. Depois do abraço, do choro e do esporro, voltamos para casa. Eu com aquele leitão no colo, pesando uns 20 quilos, longe de parecer a cachorra magrela que um dia adotei. A história da adoção de Carlota, aliás, vale a pena ser contada. Na época, eu já tinha uma cachorra, Amélie, e comecei a trabalhar o psicológico do Sérgio para que ele aceitasse outra. Na verdade, havíamos feito algo como um pacto pré-nupcial de que não teríamos mais do que um bicho e, naquela altura, já moravam conosco um cão e um gato. O caso é que eu sentia Amélie muito solitária em nossa ausência e achava justo que ela pudesse compartilhar seus dias com alguém de sua própria espécie. Um dia, minha prima comentou ter resgatado uma cadela muito feinha, que dificilmente seria adotada. Senti que aquele era o momento de usar todo o meu poder de sedução com Sérgio. Ele aceitou ir apenas ver o animal, sem o compromisso de adotá-lo. Pensei cá comigo que daí para trazê-lo para casa seria um pulo. Chegamos na veterinária e nos apresentaram um poodle preto, meio desbotado. Meu sangue gelou: dentre todas as raças do mundo, poodle é precisamente aquela que Sérgio mais odeia. Olhei para a cara dele com aquele risinho sem-vergonha e tratei de enumerar todas as qualidades do cachorro. Para falar a verdade, nem lembro quais eram. Na volta para casa, vim fazendo um drama pior do que novela mexicana. Falei do poodle dia e noite, noite e dia, até que Sérgio, sem poder mais suportar aquela lenga-lenga, aceitou o diacho do cachorro. Finalmente chegou o dia de irmos buscar o mais novo membro da família. Na veterinária, o mesmo ritual de antes: ficamos numa salinha, esperando trazerem o bicho. Eis que surge uma vira-lata preta, destas com o pelo bem baixinho. Sérgio vira para mim e pergunta (por incrível que pareça, sério): "Tosaram o poodle?". Tive um ataque de riso e expliquei que trocaram os cachorros: o de antes era um poodle e esta é uma vira-lata. O veterinário vai, volta, pesquisa, pergunta e constata que não "tem poodle nenhum, não", a cachorra da minha prima era aquela mesma. Sérgio olha para Carlota – aquela cadela toda estropiada, sem um pedaço do rabo, com os bigodes brancos e os dentinhos podres, mais magra que os descamisados da Etiópia – e sorri, como quem acaba de ganhar na loteria. No carro, chocada, testemunho ele dar um beijo na testa da cachorra, satisfeito com o seu grande tesouro: um não-poodle.

Jordan: *Você deveria se preocupar de ela ter fugido para dar uma "rapidinha" e acabar voltando para casa depois com nove filhotes. kkkkk*

Milla: *Ela é castrada. Aqui em casa não tem essas sem-vergonhices, não...*

Jordan: *Pois saiba que, com essa atitude, você está colaborando com a extinção da raça.*

Milla: *Que raça? Ela é a maior vira-lata...*

Jordan: *Canina...*

diabinho do emoji

Eu não entendo por que o diabinho do emoji é lilás e não vermelho. Será uma questão estética? Religiosa? Política? Sexual? Aguardo esclarecimentos.

Jordan: *Ele está prendendo a respiração, porque o cheiro de enxofre no inferno é muito forte.*

Milla: *É uma boa teoria.*

Jordan: *O cheiro é real. Sinto todo dia no ônibus lotado, indo para o trabalho.*

Milla: *Isso é cecê e não enxofre. Tem uns cecês que parecem que vêm do inferno.*

Fernando: *O diabo veste rosa.*

Milla: *Mas ele é lilás...*

Fernando: *Ah, então é satanás.*

Deborah: *Quem disse que o diabo é vermelho? Você já viu o diabo, dona Milla? Ele pode ser da cor da imaginação de quem retrata... ou da cor que a pessoa acredita dar mais medo... Sei lá.*

Milla: *Eu acho que o diabo podia ser que nem os outros emojis, com opções de cores. Assim se respeitaria a diversidade étnica-religiosa-cultural do demo.*

Beatriz: *Penso que seja por causa de algumas representações dos imps/diabretes. Mas não sei...*

Deborah: *Tá, mais aí quem criou os diabretes pintou de roxo por quê?*

Milla: *Poxa, eu estava feliz aceitando a teoria da Beatriz e vem a Deborah embaralhar tudo de novo.*

Carlos: *Falta de ar, tá muito cheio o inferno.*

Milla: *Lotado mesmo. Jordan descobriu que a galera lá está até com cecê.*

Jordan: *Não tem roll on 48 horas de proteção que resolva.*

Milla: *Até Rexona te abandona.*

Wellington: *Opa... Na verdade, no princípio, o diabo era azul e não tinha chifres. A versão que conhecemos, vermelho e com chifres, é oriunda de inúmeras transformações por diversos artistas ao longo dos séculos... O primeiro mais parecido com o que conhecemos surgiu na era medieval, na retratação de uma luta entre Miguel, o Arcanjo, e Satanás, na "Bíblia de Alba". Dessa forma, azul sem chifres, vermelho, roxo, tanto faz... Acho que sou obrigado a concordar contigo, deveria ter opção de cores para cada um pintar o diabo de acordo com o seu gosto.*

Milla: *Eu estou aprendendo mais com esse emoji do que com muitas aulas de história que já tive na vida...*

uma tarde no detran

Outro dia fui no Detran. E é impressionante como qualquer ida ao Detran é capaz de gerar uma boa crônica, devido, é claro, ao seu altíssimo potencial de nos fazer passar sufoco. Mas desta vez eu estava pronta para a "guerra" ou, ao menos, acreditava estar. Conferi 30 vezes os documentos necessários; levei água, comida e meu notebook para trabalhar durante a espera invariavelmente longa; fui com uma roupa fresca, mas levei casaco. Nada poderia dar errado. Depois de alguns trâmites, fui direcionada àquele salão em que se aguarda eternamente ser atendida. Acomodei-me numa das cadeiras próximas às atendentes (para não ter a chance de perder o precioso chamado) e comecei a trabalhar. O salão estava especialmente cheio e um clima de ansiedade pairava no ar. Uma das atendentes chamou: "Altair Carvalho". Ninguém respondeu. "Altair Carvalho", repetiu ela ainda umas três vezes, esgoelando-se cada vez mais, até alguém gritar: "Morreu!". Rimos todos, e pensei cá comigo que aquele não era o pior lugar do mundo para se estar. Contudo, eu estava enganada. Dali a um bom tempo, começou a me dar uma "vontadezinha" e eu, como Benjamin, sou bastante suscetível ao chamado da natureza. Ademais, comecei a ficar preocupada com meu pai, que havia preferido ficar no carro, escutando um som, e não atendia às minhas insistentes ligações. Esperei mais uns 30 minutos. No entanto, papai continuava sem atender o celular e a minha vontade de ir ao banheiro só aumentava. Compreendi que chegara a hora de tomar uma atitude. Fui até a atendente, não sem antes ponderar qual argumento seria mais apelativo e menos desonroso: meu pai no carro ou a vontade de fazer cocô. Obviamente, fiquei com a primeira opção e expliquei à moça que estava preocupada com meu pai, deficiente físico, naquele dia quente etc e tal. Perguntei quantas pessoas havia na minha frente, pois queria saber se daria tempo de ir no carro (que estava longe) ver como ele estava. Meu plano secreto, entretanto, era de que a atendente me oferecesse, por compaixão, algum tipo de prioridade. Ela, bastante simpática, foi se informar e voltou falando que eram cinco pessoas antes de mim: "Dá tempo de sobra de você ir lá ver seu pai", sentenciou a vaca, sem dó nem piedade, arruinando minhas esperanças de furar fila. Fui até o carro e papai estava bem, mas o outro problema apenas se agravava, já que o meu aperto era agora maior. A contragosto, fui até o banheiro, pois sabia ser este o único jeito de voltar a me sentir em paz naquele lugar. Chegando lá, havia uma fila considerável, o que já me exasperou, afinal odeio sair da cabinezinha humilhada, com os desconhecidos sabendo exatamente o que se passou ali dentro. Pensei com meus botões que precisaria lançar mão da estratégia ninja que desenvolvi para que as pessoas fora da cabine não consigam escutar o cocô caindo na privada. Trata-se de uma técnica superavançada, aprimorada com muito treino e que requer apuro e precisão. Ela consiste em puxar a descarga exatamente na hora em que o cocô cai. Mas, se a sincronia não for perfeita, há duas possibilidades de tragédia: uma, a de o cocô cair antes e todo o esforço ser em vão; a outra, pior, é de o cocô cair depois, sendo necessária uma nova descarga. Nesse caso, a pessoa do lado de fora não apenas sabe que você está fazendo o número dois, como imagina que ele seja uma trolha gigante. Preparada para o desafio, entrei na cabine, mas, para o meu desespero, não tinha papel. Gritei para as cabines do lado: "Tem papel aí?", e as vozes me responderam em uníssono: "Não!". Abri a porta, apostando todas as minhas fichas naquele papelzinho de secar a mão. Todavia, dei de cara com a mesma atendente com a qual falara minutos atrás. Impassível, ela me deu a segunda má notícia do dia: "Aqui nunca tem papel. De nenhum tipo". Voltei para o salão desolada. Sentei, mas já havia desistido de trabalhar. Passou mais uma boa meia hora e considerei que agora, talvez, fosse o momento de confessar para a atendente a minha urgência em sair dali. Estava apenas procurando a moça, quando escutei: "Milla Benicio". Não precisou nem chamar duas vezes: saí correndo tão atarantada que dei uma cotovelada na cara do homem que estava sentado na minha frente. Pedi desculpas e ele perdoou, talvez notando o meu tormento. Chegando no carro, papai falou afobado: "Vamos embora correndo, porque estou louco para ir ao banheiro". 🤣🤣🤣

Valdenia: *Meu Deus, que desespero! Ainda bem que você percebeu que não tinha papel antes de fazer o cocô, imagina!!*

Milla: *hahaha Verdade, o poço pode sempre ser mais fundo.*

Marcela: *Não seria mais fácil forrar a superfície do vaso com uns punhados de papel higiênico? Assim você solucionaria dois problemas. Problema 1: barulho do tolete ao debruçar na água. Problema 2: espirrar água na bunda, quando o cocô mergulha com pressão. Este, na minha opinião, é um problema ainda mais grave, devido à sensação de cu molhado.*

Valdenia: *No lugar em que a Milla estava não tinha papel nem para limpar a bunda. Além do mais, eu acho essa técnica meio perigosa. Vai que a descarga não é potente e acaba por entupir o vaso...*

Marcela: *Também não é para fazer um chão de concreto. É só uma caminha, para amortecer a queda do tolete.*

Augusto: *Marcela, essa técnica é muito boa!*

Marcela: *Né? Eu sempre executo.* 😂

Valdenia: *Eu já usei essa técnica e me dei mal.*

Marcela: *Para se ter certeza, é só verificar a pressão da descarga antes de usar a técnica.*

Milla: *Essa técnica é arriscadíssima! Além do cocô, a descarga ainda tem que dar conta da papelada... Se entope, você fica com fama de cagão não apenas para os presentes, mas também para a posteridade...*

Milla: *Obs.: se você verifica a potência da descarga antes, vai ter que dar descarga duas vezes. Ou seja, passa atestado de cagão. Outro ponto é que, se a pressão for fraca, corre-se o risco de a descarga não funcionar na segunda vez.*

Marcela: *Milla, como falei anteriormente, não é para fazer uma cama queen.*

Augusto: *Eu coloco uma folha só, fina. Já dá uma acimentada no local de despejo. Kkk*

Cláudio: *Foi por isso que abri mão de dirigir. Vendi meu carro e nunca mais quero ir ao Detran...*

mosquitos

Eu sempre tive dificuldade de matar qualquer bicho, mesmo os "bichos escrotos", como diria a música dos Titãs. Vocês podem não acreditar, mas por um longo período da minha vida eu não matava nem mosquito. Isso até Benjamin nascer. Então, timidamente, comecei a dar com o pano em um mosquitinho aqui, a pegar outro com a mão ali... Finalmente, quando o Ben fez 3 meses de vida, eu peguei zika – e foi aí que compreendi que, contra essa raça ruim, era uma questão de matar ou morrer. Aderi, enfim, à raquete elétrica, em relação à qual tinha muita reserva, por me parecer uma violência desproporcional, algo como uma arma de destruição em massa. No entanto, aos poucos, fui me habituando a dar as minhas raquetadas. Depois da chicungunha, o lado negro cresceu em mim e me tornei a bolsonara dos insetos, seguindo o lema "mosquito bom é mosquito morto". Passei a dar raquetada não apenas no meu quarto, mas no lado de fora, especialmente nos canteiros, onde os "plec-plec" são sonoros e a morte, inequívoca. A questão é que, sem perceber, tornei-me adicta ao "plec-plec", pois eles são fonte de um prazer desgraçado, que mistura uma terrível culpa pelo morticínio e a sensação do dever cumprido. Todo dia, antes de dormir, pego a minha raquete e dou uma geral no quarto. Hoje, só consigo dormir depois de ouvir pelo menos uma dúzia de "plec-plecs", porque apenas assim tenho a sensação de que a minha família está protegida. O problema é que, quando eu dou a geral e a raquete não faz nenhum "plec", logo sinto mosquitos psicossomáticos em cima de mim. Um dia, injuriada pela ausência de "plecs", comecei a bater com a raquete na cama e foi quando, extasiada, descobri uma fonte inesgotável daquela maravilhosa sinfonia. Agora você provavelmente questionará: mas não seriam os "plecs" resultantes apenas do contato entre a raquete e a cama? Eu também já me perguntei isso e, por esse motivo, comecei uma série de testes, todos inconclusivos, mas com resultados parciais bastante animadores. Quando, por exemplo, a raquete bate na cama e faz "plec", eu continuo batendo no mesmo lugar, com a mesma força. Se a raquete faz barulho só da primeira vez, compreendo que o "plec" se deve ao mosquito. Se ela faz "plec" várias vezes, era só a cama mesmo. Outro dia, na hora da geral, vi um mosquito voando no ar. Fui sedenta com a raquete, esperando o genuíno barulho da morte e... silêncio.

Não fez "plec", embora o mosquito tivesse ficado preso na raquete. O vazio e a decepção foram indescritíveis. Neste momento, compreendi que a minha felicidade está relacionada ao "plec" e não à morte do mosquito. Dei umas raquetadas na cama e fui dormir feliz.

Dircinha: *Eu também sou uma idiota: mato mosca e, em seguida, peço desculpa. Tadinha...*

Milla: *É horrível quando a gente se torna aquilo que odeia... kkk*

Cláudio: *Sabia que, lá no fundo, você era uma bolsonariana. Só estava esperando o motivo certo para se manifestar.*

Milla: *É bem lá no fundo mesmo... kkk*

renata câncer

Outro dia, almoçando com Jordan, conversamos sobre as mirabolantes histórias de doença inventadas por alunos em época de prova. Depois de rirmos um bocado, comentei o quanto achava estranho um ser perder seu tempo maquinando tais sandices, ao que Jordan respondeu que isso era absolutamente normal se comparado a um episódio de sua adolescência. Vamos aos fatos. Jordan tinha 16 anos e costumava se divertir com a galera do seu condomínio no play. Um dia, no entanto, uma de suas amiguinhas, à qual daremos o nome fictício de Renata, revelou ao grupo que estava com câncer. Todos ficaram desolados com a notícia, parecia que uma nuvem negra havia coberto o play. Mas Renata continuou descendo para brincar, embora agora usasse uma máscara daquelas de médico. Com o tempo, a criançada se habituou com a situação de Renata e a vida seguiu. Até o fatídico dia em que se descobriu que a história do câncer era *fake news*: a menina havia inventado tudo, do câncer à máscara. A farsa gerou revolta no grupo de adolescentes, que acabou por apelidar a pobre de "Renata Câncer". Neste ponto, Jordan terminou sua narração. Nós caminhávamos de volta ao IFRJ e eu simplesmente parei no meio da rua e perguntei: "Como assim? Por que ela fingiu isso? Como vocês descobriram? Qual foi o fim de Renata Câncer?". Por incrível que pareça, o rapaz não tinha resposta para nenhuma dessas perguntas. O único dado adicional era o de que, há pouco tempo, havia cruzado com Renata no ônibus e ela parecia bem, saudável e estava, inclusive, com a filha. "E ela dizia que tinha câncer de quê?", indaguei. "De pulmão", ele respondeu na maior serenidade, enquanto eu ria descontroladamente, ao compreender o papel da máscara na encenação. "E ela tinha regalias por conta da doença?", questionei, tentando compreender a motivação da falsária. "Que eu lembre, não", respondeu Jordan. Quem me conhece minimamente sabe que sofro de um mal terrível que é a curiosidade. Como eu poderia agora conviver com esta história incrível e misteriosa, sem saber nem a metade dos detalhes? Fiz Jordan prometer que faria contato com os colegas de infância pra tentar descobrir mais sobre o assunto. No mesmo dia, mais tarde, ele me manda um *print* da conversa com uma amiga, com um pedaço inédito da história: a descoberta da farsa. Voltemos ao play no início dos anos 2000. Havia alguns dias que Renata não descia para brincar. Preocupados com a ausência da amiga, especialmente por sua situação vulnerável, umas pessoas do grupo, ao encontrar com a mãe da doente, perguntaram se a enferma tinha piorado. "Piorado de quê?", a mãe inquiriu. "Do câncer", responderam as meninas. Eu fico aqui em casa imaginando o que pensou a mãe da garota ao escutar uma pergunta destas. O que se passou em sua cabeça nunca saberemos. Em todo caso, ela informou às colegas que não havia câncer nenhum, e o desfecho da história já conhecemos. Infelizmente, na época, ninguém teve a boa ideia de procurar Renata e tentar entender toda aquela maluquice. Pensei que, talvez, não fosse tarde demais, e convenci Jordan a vasculhar o Facebook até encontrá-la e depois adicioná-la. Nosso plano era que, aos poucos, ele retomasse contato e, um dia, como quem não quer nada, disparasse: "Menina, você lembra aquela história do câncer? Me conta! Por que você fez aquilo?". Missão dada é missão cumprida. Jordan procurou, encontrou e adicionou Renata no Facebook. Festejamos como se o caso estivesse solucionado – agora bastava esperar que ela aceitasse a solicitação. Uma, duas, três semanas se passaram e nada. Jordan foi dar uma olhada no perfil dela para tentar descobrir a causa do silêncio e eis o banho de água fria: Renata Câncer o havia bloqueado, mesmo antes de aceitar a solicitação. Eu não a culpo, tendemos a enfiar para debaixo do tapete episódios vergonhosos do nosso passado. E assim tive que me contentar em apenas imaginar soluções possíveis para o caso Renata. Às vezes, penso em adicioná-la, tentar me tornar sua amiga e, num momento de troca de confidências, fingir que na adolescência inventei para toda a minha família que tinha, sei lá, ebola. Quem sabe assim ela não se animaria a contar a história dela? Mas Jordan sempre me faz desistir, dizendo que tal investigação impedirá nossa entrada no céu. Será que fazer uma crônica desse causo piora nossa situação? 🤔

Jordan: *"Rir descontroladamente" não faz jus ao quanto de fato rimos no meio da rua.*

Milla: *Eu lembro que comecei a cair na rua de tanto rir e você perguntou: "Precisa que te segure?" kkkkkk*

Jordan: *E seguimos firmes até hoje sem descobrir o ponto chave de toda essa odisseia: "POR QUÊ?". Fiquemos aqui com essa eterna indagação.*

Milla: *Eu tenho muitos sonhos na vida, e descobrir os mínimos detalhes da história de Renata Câncer é um deles. Acho que vem antes de ganhar na Mega-Sena.*

Jordan: *Com a grana da Mega-Sena, a gente consegue isso fácil.*

Fernando: *Agora quem está curioso sou eu. Para que, Milla? Você foi despertar mais um curioso.*

Milla: *Quer pôr em prática o plano de aproximação com Renata???*

Carlos: *Milla, que ingênua! Você ainda acha que vai para o céu! Eu já desisti dessa possibilidade e estou trabalhando o meu currículo para galgar posições no inferno.*

Erika: *Obrigada por preencher alguns minutos do meu dia com coisas felizes!*

Milla: *Se você considerou isso uma coisa feliz, então também não vai para o céu! Kkk*

Bárbara: *Eu não compreendi por qual razão ela inventaria isso se não mudou em nada a vida dela. Não virou café com leite nas brincadeiras, não se livrou de provas escolares, não a ausentou de compromissos sociais enfadonhos... Eu hoje penso, muitas vezes, em inventar uma doença megacontagiosa só para me livrar da companhia de pessoas desagradáveis. Imagina que deleite quando aquela pessoa chata se aproximar para puxar assunto e perguntar: "Como você está?", e você dizer: "Mais ou menos, acabei de pegar meus exames e deu que tenho ebola, mas fora isso está tudo bem!". É a certeza de que a conversa não vai se prolongar!!!* 😅😂😂😂

Jordan: *Depois de falar "estou com ebola", você ainda finge dar uma tossida bem em cima da pessoa.*

Bárbara: *Depois de levar a mão na boca ao tossir, ainda estendê-la para aquele fraternal aperto de mãos.* 😂😂😂😅

Milla: *Faz que nem Renata Câncer, usa uma máscara. Acho que assusta ainda mais.*

Bárbara: *Vou me sentir o próprio Michael Jackson, só preciso treinar o "moonwalk".* 😂😂😂😂

Gabriela: *Eu tive uma amiga que fingiu já ter ficado menstruada: andava com absorvente na bolsa e tudo rs! Mas fingir que tem câncer é ousado rs!!*

Bárbara: *Aposto que quando ela menstruou de verdade viu o papel de trouxa que fez... Não é tão legal assim menstruar. kkkkk*

Rosangela: *Ela deve ter levado uma surra da mãe por causa da tal invenção e ficado revoltada com os colegas que contaram para ela. Agora que lembrou de tudo, ficou p. da vida e bloqueou o Jordan.* 😎😎

Jordan: *E eu não sou nada, além de vítima.*

Elizabeth: *Renata! Volte aqui e conte tudo... sua louca!* 🙃

as últimas de renata câncer

Depois que postei a história de Renata Câncer, muitas pessoas me procuraram para contar situações similares, o que é impressionante, porque eu achava que o caso dela era único no mundo. Desde então, fiquei sabendo de pessoas que fingiram ser abusadas sexualmente, levar tiro, ter ficado menstruada, ter câncer no cérebro, e por aí vai. Conversando com uma aluna, ela indagou como a mãe de Renata não observava que a filha descia para brincar com uma máscara. A resposta, para mim, era simples: ela guardava a máscara dentro da casa da Barbie. Quando ia brincar, enfiava a máscara no bolso e depois, no elevador, colocava-a na cara. Falei a minha tese para Dircinha, que discordou desta conjectura, mas desenvolveu uma teoria que parece ter solucionado de uma vez por todas o caso Renata Câncer. Eis a sua hipótese: a mãe de Renata era neurótica com poluição e cismou que a imunidade da menina estava baixa. Então passou a obrigá-la a usar a máscara. Renata, com vergonha dos amigos, decidiu fingir que tinha câncer para justificar a sandice da mãe. Com câncer, as pessoas não a zoariam. Acho difícil alguém conseguir uma versão melhor do que esta, hein?

Jordan: *Rapaz. Quem é o FBI perto de Dircinha?*

> **Jordan:** *E se essa teoria for verídica, o que a mãe da Renata faria se elas morassem na China? Lá, sair de máscara devido à poluição é normal.*
>
> **Milla:** *Na China, ela seria conhecida como Renata Escafandro.*
>
> **Augusto:** *Ora, ora, temos uma Sherlock Holmes aqui. hahaha.*

Simone: *Tinha ficado furiosa com a história, porque, como bem sabe, sou tão curiosa quanto você, mas agora decidi aceitar a versão da sua mãe. Me pareceu a melhor solução para o caso nesses tempos tão difíceis. Dircinha, obrigada por mostrar o tanto de humanidade que ainda temos! Kkkk*

Dircinha: *Eu fui além: o medo da mãe não era apenas da poluição, mas de a filha contrair alguma bactéria com os amigos. Fiquem atentos, pois, deste grupinho, fazia parte nada mais nada menos que Jordan. Pelo sim, pelo não, agora dentro da minha bolsa vai ter sempre uma máscara. Vai que dou de cara com ele pelos caminhos da vida... Tá amarrado em nome de Jesus.* 🙏

estrada alternativa

Quando eu era criança, tínhamos uma casa em Friburgo, onde todos os anos passávamos as férias. Era maravilhoso. O único porém era o percurso de carro, pois, na subida ou na descida da serra, eu enjoava muito. Em uma das viagens, mamãe, que sempre teve um "quê" de psicóloga, enganou que papai não iria mais pela serra, mas por um caminho alternativo, em que as crianças não enjoavam. Milagrosamente, depois disso, nunca mais vomitei durante a viagem. E, como ninguém se deu ao trabalho de desfazer a mentira, cresci acreditando na existência da estrada miraculosa para Friburgo. Assim, há poucos anos combinamos de ir a Itaipava. E eu, já macaca velha, sugeri na maior inocência que fôssemos pelo caminho alternativo para não precisar pegar a serra. Dirce, pasma, teve uma crise de riso e me contou a chocante verdade. Meu mundo caiu. Foi tipo como se alguém me dissesse: "Querida, a Terra não gira ao redor do Sol. Ela samba por todos os recantos do universo. Não contamos antes para que você não ficasse enjoada". Além da imensa desilusão, desde então sofro terríveis bullyings. Qualquer idiotice que eu fale, minha mãe recorda o caso da serra e, no fim da gozação, solta a famosa frase: "Como pode? Uma menina com doutorado pela UFRJ...". Mas a vingança é um prato que se come frio. Estes dias, minha irmã pediu três litros de água. Então mamãe me instruiu: "Pode levar três litros de um litro e meio". Chorei de rir e caçoei muito dela, mas a verdade é que ainda estávamos empatadas em nossas asneiras. No entanto, na mesma semana, eu a pego no flagra prometendo a Benjamin um "Kinder Over". "Um o quê?", perguntei, já rindo. "Ué, Kinder Over. Não é este o nome?", ela respondeu na maior naturalidade. E é assim que eu encerro minha história. *Game over*, Dircinha.

Jordan: *Olha... eu não queria ser a pessoa a te falar isso, mas... a Terra é plana.*

Milla: *Então é por isso que eu não enjoo...*

Jordan: *Viu? Tudo se encaixa.*

Simone: *Não faça isso com sua mãe, de quem sou fã incondicional. Game over nada, muita água ainda rolará nessa ponte. Milla, te amo, mas torcerei* *por Dircinha, afinal o artifício dela foi fundamental para a sua existência e já fiz coisa parecida com o meu filho (rsrsrs)!*

Milla: *O problema não foi ela ter mentido... mas ela me zoar por eu ter acreditado. Para sempre. kkk*

Dircinha: *Milla, existem coisas que nem precisam ser desmentidas, a vida se encarrega disso.* 😂😂😂

Bárbara: *Sem querer botar lenha na fogueira, mas já botando... Rsrs... Se eu fosse Dircinha, jogava na cara todos os seus mistérios facebuquianos postados que ela já desvendou.* 😅😂😂 *Queria que minha mãe tivesse essa lábia sobre estrada alternativa. Passei a minha infância toda vomitando na turma do banco de trás durante as minhas viagens para Friburgo.* 😷😅

Milla: *Por que as mães ficam sempre do lado das mães?* 🤪

Bárbara: *Milla, você é filha dela, mas é mãe também. Eis um paradoxo para você, ou melhor, sua mãe solucionar!* 🤪😂😂😂😂

Milla: *Este paradoxo é fácil, pois, na situação em questão, estou como filha! kkkk*

Bárbara: *Hum... boa resposta! Kkkkk*

Dircinha: *Embora ela tenha queimado meu filme com essa história de um litro de um litro e meio, ainda assim, vou aliviar o lado dela. Na verdade, essa batatada já faz mais tempo. Ela era ainda uma adolescente quando veio me questionar.*

– Mãe, o pessoal do condomínio teimou comigo que para Friburgo não tem aquela estrada alternativa que não precisa subir a serra.

– Como, Milla? Friburgo fica no alto da serra, como chegar lá sem subi-la?

– Mas você falava...

– Milla, eu falava quando você era criança, pra você não enjoar.

– Mas você nunca desmentiu.

– E precisa? Como vou imaginar que uma menina tão inteligente não tenha sacado isso? (O apelido dela era Nota Dez, meu pai só a chamava assim).

Mas eu era mesmo a rainha dos artifícios para alcançar meus objetivos. Certa vez, Bruna, minha filha do meio, telefonou perguntando: "Mãe, João (meu

neto) está tendo pesadelo. Como era aquela simpatia do arroz que você fazia comigo?". Eu, já morrendo de rir, confessei: "Não era simpatia, eu que inventei para você não ter pesadelos". Não sei como, mas de alguma forma, sempre funcionava. Eu pegava um punhado de arroz cru e colocava debaixo do travesseiro dela. 😂😂😂😂 *Quando descobriu a farsa, ela lamentou: "Mãe, que decepção... Sempre achei aquela a melhor simpatia do mundo..."* 😂😂😂😂
E a história da injeção? Eu dizia que o Jorge não sabia dar injeção, mas que o Jorge Luiz era o melhor de todos nesse quesito, sendo que os dois eram um só. Olha, gente, era muita criatividade. Por isso, quando as pessoas me falavam que criar filhos era muito difícil, eu não entendia muito bem. Eu achava tão mole... Nossa convivência sempre foi mágica. Não tinha briga, eu era a rainha dos argumentos e dos artifícios. 😂😂😂😂

Milla: *COMO ASSIM O PUNHADO DE ARROZ ERA INVENÇÃO SUA???????????????????????????????*

Milla: *Achava que era uma tradição milenar, passada dos primeiros índios a habitar estas terras até a nossa família...*

Bárbara: *Uma vez, inventei paro o meu filho que ketchup era feito de beterraba, então, se ele gostava de um, deveria gostar do outro. Deu certo e ele finalmente passou a comer beterraba. Aos 12 anos, ele descobriu por um amiguinho fofoqueiro que ketchup, na verdade, era feito de tomate. Até hoje ele joga na minha cara todas as beterrabas que comeu nesse meio tempo!* 😂😂😂😂

Simone: *Minha mãe também foi uma inventora criativa e eu segui o mesmo caminho. Tinha um tal de passarinho azul que eu culpava por me contar tudo de errado que meu filho fazia na escola. É claro que eu jogava verde e sempre colhia alguma coisa. Pois bem, levei meu filho para assistir ao primeiro filme do Harry Potter e a primeira cena era de um passarinho azul lindo, cantando. Logo em seguida, o passarinho é massacrado pelo Salgueiro. O cinema em silêncio, chocado com o ocorrido, e só se ouviu a voz vingada de meu filho: "Bem feito!". Hahahahahahaha*

Milla: *Mãe é um troço sensacional... Espero estar à altura da criatividade de Dircinha, Simone e Bárbara...*

Jordan: *Isso aqui está melhor do que "Casos de família"...*

Augusto: *Está a nível de reality show!*

Milla: *Nível Márcia.*

Luis: *Espero os próximos placares... porque o 2 x 2 deve estar bem próximo!* 😂😂😂

Milla: *Na verdade, deve ser 7 x 1... kkkk*

Luis: *Estou torcendo para a Dircinha!* 😂😁

Milla: *Não sei por que, mas todos neste "post" estão...*

Luis: *Milla, porque existe a certeza de que você irá nos proporcionar momentos de imensa alegria às suas custas!*

Milla: *Vocês são uns ingratos...*

deus me deu

Uma coisa que sempre chama minha atenção no trânsito são aqueles adesivos de carro em que se lê "Deus me deu". Acho quase uma afronta, sabe? Como se a pessoa dissesse: "Deus achou melhor dar para mim do que para você". Mas estes dias algo singular aconteceu. Eu estava dirigindo, quando me deparei com um carro – com o perdão da palavra – todo fodido, ostentando tal adesivo. Se não me engano era um Chevette caindo aos pedaços, destes carros claramente remendados, com partes, inclusive, de cores diferentes. Intrigada com a discrepância entre o carro e o adesivo, logo formulei três hipóteses: 1) O dono do carro é um otimista e acha aquela merda uma maravilha; 2) O dono do carro é um cara "pé no chão", sabe que o carro é horrível, mas reconhece que é melhor ter aquilo do que nada; 3) O dono do carro é um fanfarrão e está tirando onda com o adesivo. Para chegar a uma conclusão de qual hipótese estaria correta, eu precisaria ver a cara do motorista, a fim de enquadrá-lo em um dos três estereótipos. E, embora o meu método estivesse longe de garantir uma resposta científica, talvez fosse o suficiente para eu considerar o caso encerrado, apaziguando a danada da minha curiosidade. O problema é que eu estava atrás do Chevette e o *insulfilm* me impedia de ver o interior do carro. Compreendi que minha única chance seria ultrapassá-lo e torcer para a janela estar aberta. Eu estava próxima de fazê-lo, mas ele virou à direita, quando a minha rota seria continuar seguindo em frente. Seria... porque, curiosa do jeito que sou, virei também à direita para conseguir ver como era o motorista, afinal, o que são alguns metros a mais, frente a uma dúvida eterna? Consegui, enfim, emparelhar meu carro com o Chevette. O motorista era um gordinho, de camiseta regata e boné para trás. Estava dirigindo concentrado: nem notou o meu olhar investigativo. A triste verdade é que ele bem poderia ser tanto um otimista, quanto um "pé no chão" ou um fanfarrão. Ainda considerei buzinar e perguntar, mas pensei que não seria de bom tom confessar que achava o carro dele ruim demais para portar aquele adesivo. Espero, então, que consigamos, juntos, decifrar este enigma, como fizemos com o mistério da Renata Câncer... 🤤😂

Augusto: *Ou seria melhor chamar logo Dircinha, porque ela desvendaria isso* *rapidamente com seu grande intelecto investigativo. rsrs.*

Bárbara: *Dircinha Holmes. kkkkk*

Milla: *Vamos ver se ela tem mais uma iluminação!*

Bárbara: *Vai ver o adesivo só estava tampando um buraco na lataria, um trincado no vidro, ou ele acredita naquela máxima que "é quando agradecemos a Deus que realmente as bênçãos nos alcançam". Outra opção é que ele pegava três conduções lotadas, onde ia em pé, compartilhando cecês alheios, e agora vai sentado de boas no Chevette 88 dele.* 😜😂😂😂

Milla: *Ou ele colou o adesivo em 88! kkkk*

Bárbara: *Ou quer botar a culpa em Deus, caso seja parado numa blitz de IPVA. Considerando que, assim como os brinquedos devem ser presenteados com as pilhas, o carro deve ser presenteado com o IPVA em dia!* 😅

Milla: *Se ele mora em Niterói, só com um milagre mesmo para não ser parado sem estar com o IPVA em dia...*

Sandro: *Por ora, a melhor teoria, mas segue o baile que ainda tem muitas outras pra gente analisar!!!* 😂😂😂😂

Milla: *Quem sabe Deus não seja o nome do cara que deu o carro para ele ou que emprestou uma grana para que comprasse?*

Sandro: *Ou ele é ateu de Facebook e colocou isso lá para desacreditar o deus dos outros. "Olha aí o que o tal Deus me deu!!!* 😕*".*

Dircinha: *Muito fácil elucidar esse mistério. Alguém já viu no carrão de um rico um adesivo desses? Eu nunca vi. Geralmente os mais humildes estão mais próximos de Deus e acreditam que tudo é por sua graça. Eu tive muito carro velho nessa vida e sim, eles também nos levam a todo canto. Eu fico com a opção 1, porque é exatamente assim que eu sou. Viva os otimistas!*

Augusto: *Dircinha, sabia que você nos traria uma ótima conclusão...*

Milla: *Resolveu o caso e ainda deu lição de moral. Dircinha não é mole, não!*

Sandro: *Aí, sim!!!* 😍 *"Cold case!!! Next..."*

Erika: *Dircinha e Milla = Sherlock Holmes e Watson* 💘💘💘

Simone: *Seguindo o raciocínio de Dircinha, como só quem tem carro velho tem esse adesivo, com certeza o dono não tem dinheiro para colocar o carro no seguro. Então, esse seria o "seguro" alternativo: o dono coloca uma placa dizendo que foi Deus quem deu para ver se inibe possíveis roubos ou furtos do carro, imaginando que a placa possa afastar os pretendentes.* 😂😂😂

Marcelo: *Eu sugiro o adesivo: "Foi Deus que me deu, achando que é só isso mesmo que eu mereço!".*

> **Milla:** *Kkkkkkkkk Prefiro este: "Foi Deus que me deu, e não esta meritocracia capitalista de meia tigela".*
>
> **Sandro:** *Ou "Foi Deus que me deu. Não me julgue, é a vontade Dele".* 😂😂😂😂
>
> **Bárbara:** *Ou "Foi Deus que me deu, não se devolve presente, mas eu preferia um pônei!".*
>
> **Sandro:** *Hahahahahahahahahahahahahahahahahahahahahahahhah ahahahahahah. Tipo ganhar meia. Não é o ideal, mas bora usar porque "the show most go on".* 😂😂😂😂😂
>
> **Bárbara:** *Tipo quando se ganha meia de 1,99 em amigo oculto de empresa que tinha o valor estipulado em 50 reais. Você dá aquele sorriso amarelo, vai trabalhar no dia seguinte vestindo as meias para não parecer um ingrato, e vida que segue!!!* 😆
>
> **Milla:** *Mais uma: "Deus que me deu, é que ele escreve certo por linhas tortas".*
>
> **Milla:** *Obs.: amigo oculto é a brincadeira mais ingrata e traumática da face da Terra!*
>
> **Dircinha:** *"Foi Deus que me deu, mas prometeu coisa melhor".*
>
> **Milla:** *"Foi Deus que me deu, e cavalo dado não se olha os dentes". kkkk*
>
> **Bárbara:** *"Deus me deu, porque nem ele quis esse carro".* 😆
>
> **Milla:** *"Diz que deu, diz que dá, diz que Deus dará".*

Lorrana: *O adesivo é antigo, Milla. Nenhuma das três hipóteses sustenta sua tese. A grande verdade é que o Chevette já foi bom. O adesivo não acompanha mais a realidade do carrinho.*

Milla: *Aí entramos no tema da outra crônica: grudes indesgrudáveis. Ele tentou tirar o adesivo há dez anos, mas não saía...*

Dircinha: *Pois é, ele amava o adesivo e não queria ficar sem ele. O carro estava praticamente vendido, desistiu da venda porque não queria se separar do adesivo.*

Sheila: *Não gostei, eu quero agora saber qual das três opções é correta!* 😂😂😂😂

Milla: *Três opções? Depois do "post", agora são pelo menos umas dez...*

tá certo, mamãe?

A nova mania de Benjamin é escrever. Só tem um porém: ele não sabe que, para tanto, é preciso dominar um sistema de signos chamado alfabeto – o pobre acredita que basta fazer uns rabiscos e pronunciar lentamente a palavra em questão. Hoje, estávamos desenhando, quando ele parou para "escrever". Fez uns riscos e falou em voz alta como se soletrasse: "Ma-mãe e Ben-jo-ca". Mal havia me recuperado da emoção de ver meu filho "escrevendo" algo tão fofo, quando ele me perguntou: "Tá certo, mamãe?". Fiquei naquela dúvida cruel: revelo ou não a verdade? Porque se ele tivesse cometido algum erro de ortografia, eu não hesitaria em mostrar a forma correta, mas o caso é que ele estava longe, inclusive, de escrever errado. Eu seria obrigada a revelar que a atividade que ele desempenhava com visível orgulho em quase nada correspondia àquilo que ele tentava imitar. "Nossa, que lindo!", respondi, buscando fugir da sinuca de bico. "Tá certo?", ele perguntou novamente, como se me dissesse que desenhos são bonitos, mas palavras são certas ou erradas. Não havia saída, eu precisava decidir se seria o tipo de mãe que prepara o filho para a realidade do mundo ou o tipo que joga para debaixo da asa e protege. "Tá certinho", falei, e depois "li" o rabisco, acompanhando com o dedo, enquanto pronunciava: "Ma-mãe e Ben-jo-ca". "Certinho! Parabéns!". Ele voltou a desenhar, enquanto o meu lado de educadora se sentia, se não culpado, ao menos preocupado. Peguei o giz de cera e falei: "Agora eu vou escrever 'Mamãe e Benjoca', olha". E escrevi embaixo dos rabiscos dele. Depois fiquei lendo em voz alta, apontando o dedo para a sílaba que era lida. Ele observou meio desinteressado e certamente sem perceber que meu rabisco não era aleatório como o dele. Mas, para ter certeza do seu desconhecimento sobre o assunto, escrevi "Benjamin" e perguntei: "Você sabe o que está escrito?" "Benjamin", ele replicou. Pensei: "É gênio". Então escrevi "mamãe" e tornei a perguntar o que estava escrito. Ele respondeu com segurança: "Benjamin". Ri da coincidência anterior e voltamos a desenhar. Outro dia, quem sabe, eu conto a verdade.

Jordan: *Não fale de sistemas de signos para ele. Não lhe apresente semiótica. Não antes dos 60 anos. Por favor. Nenhum ser humano merece isso. :(*

Adriana: *Ben é um gênio.*

Milla: *Gênio mesmo ele seria se tivesse conseguido ler "mamãe". Kkk*

Pillar: *Meu Deus, não acredito que ele já está querendo escrever!* 😱 *Como pode? Ele nasceu ontem...*

Milla: *Você disse bem: querendo, mas não conseguindo. kkk*

Pillar: *Claro! Ele é só um pinguinho de gente, tadinho. Já está superavançado separando sílaba. haha*

Milla: *O mundo capitalista exige desenvolvimento ultrarrápido. Outro dia, vi até uma propaganda de maternal bilíngue!* 🤣🤣

Pillar: *Daqui a pouco, vai ter faculdade para pré-escola. haha*

Milla: *Já deve ter. A gente é que é "old school" e não sabe. Kkk*

a casa das quengas

Quando eu era criança, aconteceu de a nossa cachorra matar um gambá, deixando vivos uns cinco ou seis filhotinhos. Já era noite e, como não tínhamos qualquer expertise em gambás e o Google ainda não havia sido inventado, nossa solução foi dar leite de vaca num conta-gotas e enfiar todos os bebês numa caixa de sapato, que ficou acomodada em cima da máquina de lavar. Na época, acho que estava passando "Tieta". Inspirados no bordel da novela, escrevemos "casa das quengas" na caixa de sapato e fomos dormir satisfeitos. Na manhã seguinte, acordei animada e me deparei com todas as "quengas" duras feito pau: todas mortas. Passados quase 30 anos, a mesma cena: cachorra assassina, gambanicídio e dois filhotes sobreviventes. A primeira imagem que veio na minha cabeça foi, claro, a casa das quengas. Liguei para o meu cunhado, que é biólogo, e perguntei o que deveria fazer. Ele disse que, se fossem recém-nascidos, a morte era certa. Mas como eu iria deixar os bichos ali indefesos sem fazer nada? Eu precisava encarar a casa das quengas *new generation*. Primeiro, tinha um desafio a vencer: conseguir pegar os gambás, a despeito do asco. Fui até a portaria e perguntei se alguém por ali se voluntariava. Um porteiro falou que tinha nojo, outro, que tinha medo, e o terceiro, o qual afirmou ser aquela a tarefa mais simples do mundo, lamentou estar com pressa e não poder ajudar. O porteiro que tinha medo disse que mordida de gambá doía à beça, ao que respondi que os bichos eram filhotes e banguelas. "Ahhhh", ele falou. E partimos para completar a primeira fase da missão. O porteiro pegou o primeiro gambá pelo rabo e se preparava para tacá-lo no mato, quando eu gritei "nããããão". Expliquei que eu ia cuidar dos filhotes e pedi que os deixasse numa caixa de sapatos que já havia separado. "Ah", ele falou novamente, e se resignou a seguir minhas instruções. Finda a primeira fase do plano, passei para a segunda etapa: consultar o oráculo. Digitei no Google: "Como criar filhote de gambá". Senti um certo otimismo de que, desta vez, a casa das quengas triunfaria, mas, por uma questão de superstição, preferi não escrever nada na caixa de sapato. O Google dizia que era preciso alimentar meus novos filhos de duas em duas horas. Traumatizada pelo evento de 30 anos atrás, resolvi seguir estritamente as indicações pseudocientíficas do site que consultei. Coloquei o despertador e passei a acordar até de madrugada para dar o leitinho das crianças. Lá se foi uma semana e minha nova geração de quengas seguia "forte, rija e bem disposta", como diria meu avô. Um dia, no entanto, quando fui alimentar os gambás, encontro a porta do quartinho de tranqueiras aberta e a casa das quengas vazia. Na dúvida se estavam ainda no quarto ou se tinham ido para a natureza selvagem, coloquei um pires com leite no chão e fechei a porta. Algumas horas depois, o leite havia sumido. Bom, pelo menos uma das quengas estava ali ou então eu estava alimentando agora uma ratazana. Peguei um transporte de cachorro e coloquei a comida dentro. Dei uns três perdidos no quarto até que encontrei um dos gambás bebericando o leite. Detive o meliante e o prendi no banheiro. Coloquei novamente o leite no quarto para ver se o segundo elemento estava vivo. O leite sumiu e eu comprovei que sim, mas este gambá era particularmente diabólico e não se deixaria capturar facilmente. Passei a alimentá-los separadamente e, como minha mãe vivia dizendo "coitado do que está preso", comecei a dar o dobro de comida a ele para recompensar seu comportamento. Até que um colega me ligou dizendo que poderia levar os gambás para uma unidade da guarda florestal em Paracambi, mas que eu precisaria deixá-los na sua casa até aquele dia. Ou seja, era urgente encontrar o gambá desviante. Para tanto, eu teria que retirar todas as tranqueiras do quarto, o que não era pouca coisa. Meu irmão se ofereceu para ajudar e, mal comecei a vasculhar a bagunça, o desgraçado pegou no meu tornozelo como se fosse um bicho, me fazendo quase desmaiar de susto. Suspeito que esta, na verdade, teria sido a sua intenção ao oferecer ajuda: após mexer em meia dúzia de caixas, ele alegou estar com alergia e foi embora. Peguei o penico ao qual Benjamin jamais se adaptou e encontrei uma quantidade incrível de xixi e cocô de gambá, o que me levou a considerar que este filhote talvez fosse uma espécie evoluída ou talvez alienígena, que sabia melhor do que meu filho onde depositar sua merda. Depois de algum tempo de busca, encontrei o desgraçado no meio de um monte de pano. Ao ser descoberto, ele fez uma carinha de revolta, me deixando profundamente indignada com a sua ingratidão. Levamos, por fim, os gambás para a casa do meu colega. Benjamin protestou, não queria que os bichos fossem embora. Eu comemorei: missão casa das quengas finalmente cumprida.

Jordan: *Sempre fui fiel às suas aulas e nunca fui recompensado com o dobro de pontos. Poderia me explicar o que um gambá tem que eu não tenho?*

Milla: *Na verdade, você foi recompensado com o dobro de pontos. É que suas provas eram muito ruins!* 😂😂😂😂

Adriana: *Desculpe o palavreado, mas Milla te sacaneou, Jordan.*

Milla: *Não, pelo contrário: mostrei que ele é mais significativo que os gambás!*

Jordan: *Obrigado... eu acho.*

Adriana: *Sei não...*

Milla: *Virei madrugadas pelos gambás... era um amor puro e verdadeiro.*

Sandra: *Milla, de monotonia você não morre. rsrsr*

Milla: *Mas corro o risco de morrer de outras coisas... kkk*

Sandro: *Estou com um aqui em casa. Destruiu o forro do meu quarto. Me expulsou o danado. Coloquei uma armadilha onde eu suspeito que ele entre e estou aguardando.*

Milla: *Tem um gambá completamente inconveniente no forro do meu quarto. Ele derruba coisas, fica andando pra lá e pra cá... De noite, eu berro: "Vai dormir!" kkkk*

Sandro: *Eu bato com uma vassoura, mas parece que ele faz pouco caso e fica lá fazendo um ruído estranho. Esse gambá tá muito evoluído!!!* 😂😂😂

Milla: *Depois que o gambá cagou no penico, passei a achar que eles são mais evoluídos que nós.*

carrinho de compras

Benjamin adora empurrar carrinho de compras. Em um dos mercados que frequentamos, tem um carrinho do tamanho dele e a maior felicidade do garoto é empurrar o dito-cujo. Hoje, nas Americanas, vi um destes de brinquedo e comprei, animadíssima, já imaginando a felicidade da criança de ter seu próprio carrinho de mercado em casa. A questão é que o brinquedo vinha desmontado e no pacote dava a impressão de ser bem maior do que era de fato. Então, quando acabei de montar, ele olhou para aquela coisa minúscula e comentou decepcionado: "Mas esse carrinho é bebê" (ele chama de bebê tudo que considera pequeno). Tentei consolá-lo falando que o carrinho, na verdade, era do boneco, mas não adiantou. Frustrado, ele jogou longe o brinquedo. Briguei, dizendo que era feio fazer aquilo, mas ele pegou o carrinho e isolou de novo. Segurei o brinquedo e falei que ia dar para outra criança, já que ele não valorizava o presente. Fui até o jardim e gritei para a rua, numa conversa fictícia: "Ei, criança! Você quer este carrinho? Benjamin não gostou". Nisso, escuto uma vozinha bem fina atrás de mim responder: "Eu quero sim". Em seguida, Ben fala, agora com a sua voz normal: "A criança disse que quer". Desmoralizada, dei um risinho sem graça, mas, sem descer do salto, abri o portão, coloquei disfarçadamente o carrinho escondido numa moitinha e voltei afirmando que tinha dado o brinquedo para a criança. Ele respondeu: "Mamãe, eu quero o carrinho". Vitoriosa, fui até a moita e, furtiva, busquei o bendito, me sentindo a rainha da psicologia infantil. Assim que devolvo o brinquedo para o Benjamin, ele comenta: "Agora eu quero dar o carrinho para a criança". Abri o portão para ver o que ele faria. Foi até a moita, escondeu o carrinho e riu. Definitivamente, preciso sofisticar minhas técnicas de persuasão.

Jordan: *Fala a verdade: você está treinando o Ben para empurrar o carrinho. Pensa que engana a gente?*

Milla: *Na verdade, estou treinando-o para pagar as compras.*

Marcela: *Benjamim dando olé. Amo essa geração Z.*

Milla: *Acho que essas criaturas não são nem mais Z. É alguma coisa fora do alfabeto!*

Marcela: *Olha, não duvido de mais nada. Daqui a um tempo, vão dizer que são uma geração superdotada por alguma coisa que colocam na água potável além do flúor.*

Milla: *Deve ser porque a minha geração só comia Fandangos e a dele, legumes orgânicos.*

Julia: *Pelo menos você inventou uma brincadeira para fazer com o carrinho!!! Kkkkk*

Milla: *Verdade, ele ficou ainda meia hora no portão brincando de dar o carrinho para a criança. Só se revoltou quando eu trouxe o brinquedo para dentro de casa! kkk*

Julia: *Viu? Já serviu para 30 minutos de diversão!!! Kkkkk*

Cláudio: *Estou preocupado com o seu futuro, Milla...*

Milla: *Na verdade, já estou preocupada até com o meu presente.*

Cláudio: *Com esta figurinha dentro de casa, não é para menos.*

Bárbara: *Imagina as voltas que ele vai te dar na adolescência. kkkkkk*

Milla: *Sorte que até lá as pessoas estarão todas microchipadas e o controle será absoluto.*

Dircinha: *Kkkkk Tenho que partir em defesa do meu neto, ele até tentou empurrar o brinquedo, todo curvado, coitado. Aí eu gritei lá de cima: "Esse carrinho tá muito pequeno". Para quê? Pronto, ela logo falou que Ben não gostou daquele minicarrinho bebê por minha culpa.*

Milla: *Eu não quis acusar ninguém, mas sem dúvidas a culpa da ira foi sua! kkk*

Dircinha: *Os psicólogos afirmam: a culpa é sempre da mãe.*

Milla: *Sendo você minha mãe, então é duplamente culpada.*

Marcia: *Impressionante como eles se ofendem quando acham que são tratados como bebês. Rafael sempre odiou!!! Arranjei uma babá muito fofa, supercarinhosa, quando ele tinha uns 2 anos. Mas ela só falava com ele naquela* *língua de bebê, meio tatibitate. Nem vou relatar o que acontecia cada vez que ela falava assim...* 👊👊 *Melhor abafar o caso!*

Gabriela: *Não se enganam mais as crianças como antigamente.*

o barraco

Um dos meus livros favoritos, "Em busca do tempo perdido", inicia-se com o narrador mordendo uma madeleine (um doce que ele costumava comer na infância) e sendo "catapultado" para os dias de sua juventude. Eu me identifico demais com essa experiência, pois algumas sensações são capazes de me fazer reviver, nem que seja por segundos, um momento que já passou. Estes dias, eu estava brincando de massinha com Benjamin e o cheiro me "catapultou" para o final dos anos 80, quando eu, então criança, vivia modelando objetos com massinha para incrementar minhas brincadeiras de imaginação. De pronto, me veio na memória o meu passatempo favorito: brincar de "barraco". Sim, este foi o nome que cunhei, na época, para a brincadeira, cuja origem e sentido sempre se mantiveram incompreensíveis para meus pais e irmãos, e até mesmo para mim. Naquele tempo, eu dividia o quarto com a minha irmã e tínhamos uma mesa de estudos que ficava encostada na parede. A primeira operação era transformar a mesa em um barraco, jogando um lençol em cima. Depois, eu me enfurnava embaixo da mesa com um monte de quinquilharia e com a minha boneca "filha" (a criatura não tinha nome, eu só a chamava de filha mesmo). Minha irmã odiava particularmente esta brincadeira, pois, além de inutilizar a mesa, fazia uma bagunça infernal no nosso canto de estudos. Sob o lençol, sozinha com a minha filha, a diversão começava. A brincadeira consistia na seguinte história: eu e a boneca éramos pobres, muito pobres, e no nosso barraco lutávamos para sobreviver. Faltava comida, e eu pegava a massinha para simular cascas de legumes e fazer uma sopa para não morrermos de fome. Às vezes, a massinha virava um magro pedaço de pão, que nós dividíamos fraternalmente. Sempre havia, em algum momento, o drama de que eu precisava trabalhar e não tinha com quem deixar a criança. Às vezes, a trama se desenrolava com a filha ficando no barraco sozinha, outras, com ela indo comigo, com muitas ressalvas de que não me atrapalhasse no serviço. Independentemente do andar da carruagem, o fim da brincadeira era invariavelmente o mesmo: a filha tinha um sério problema de saúde e apenas uma cirurgia cara e complicada poderia reverter a situação. Importante dizer que a filha era uma Bem-Me-Quer supervelha e já herdada da minha irmã, por isso, a cabeça e o braço viviam capengas, mas eu adorava essa particularidade da boneca, pois era o que permitia a parte da doença e a consequente cirurgia. Eu, então, pegava a massinha e modelava o bisturi, o algodão ou qualquer outro instrumento que julgasse necessário para o procedimento. No final, sempre triunfávamos: a filha era curada, conseguíamos dinheiro e vencíamos na vida. Em geral, o fim da brincadeira era precipitado pelos esporros da minha irmã por causa da bagunça e eu era obrigada a voltar à minha dura realidade de maré mansa, vendo "Sessão da tarde" com algum lanchinho delicioso.

Jordan: *Eu e meus irmãos fazíamos isso, só que no beliche. E não era um barraco, era uma nave, e lá fora tinha "a bolha" do filme "A bolha assassina".*

> **Jordan:** *Obs: Pô, Dircinha, acabando com a alegria da criançada!!!*
>
> **Milla:** *Na verdade, Dircinha só achava a brincadeira louca. Quem odiava mesmo era a minha irmã. Kkk*
>
> **Dircinha:** *Mentira, eu era a primeira a brincar de cabana.*
>
> **Milla:** *Ela só brigava quando eu largava as tranqueiras embaixo da mesa. Na verdade, por esse tipo de coisa, ela briga até hoje! kkk*
>
> **Dircinha:** *E você larga as tranqueiras até hoje...*
>
> **Milla:** *Ainda estou no barraco...*

Gisele: *Nas raras vezes em que eu brincava de casinha, eu era rycaaaaaa! Tinha babá cuidando dos filhos e eu só me preocupava em cuidar do marido – um ursinho de pelúcia. Tinha o meu trabalho (eu era administradora de empresas), mas ficava o tempo todo no telefone fofocando com as amigas imaginárias.*

> **Milla:** *Poxa, podíamos ter brincado juntas. Eu teria sido a babá dos seus filhos...*

Daniela: *No play da vida, eu sou a sua "filha".*

> **Milla:** *Nunca se esqueça: no final, nós triunfamos! (Você com a cabeça remendada e traumatizada pelos dias sozinha no barraco, mas triunfamos).*
>
> **Daniela:** *É. No caso, eu estou brincando faz tempo, já torcendo para chegar no final da brincadeira...*

Cláudio: *A Globo vai te contratar para ser a roteirista do núcleo pobre das novelas...*

Milla: *Se com uma boneca caindo aos pedaços e com um pote de massinha saía um roteiro destes... Com os recursos da Globo, vai sair uma coisa melhor que "Les misérables".*

milla

É muito engraçado que pelo menos 90% das pessoas, quando me conhecem, cantam a música do Netinho como se tivessem tido uma ideia superoriginal, aquela tirada incrível que não se pode deixar passar. Eu fiz aqui um cálculo para vocês entenderem como isso é hilário. A música tem 22 anos e posso dizer com segurança que, por semana, no mínimo dez pessoas (dentre amigos, conhecidos e desconhecidos) cantam "Ô Milla" para mim. Assim, se você está pensando em fazer essa brincadeirinha quando me encontrar, saiba: será apenas o 10.561º a ter essa ideia genial!

Jordan: *Não fiz porque fui devidamente ameaçado por você quando te conheci.*

Milla: *Estou tentando diminuir as estatísticas.*

Jordan: *Sou a prova viva de que tá dando certo.*

Milla: *Meu plano é: se eu não diminuir a estatística de novos cantantes, diminuirei a de cantantes recorrentes.*

Camila: *Ai, um saco, né? Kkkkk*

Milla: *Você também sofre deste mal?*

Camila: *Sim, cantam esta mesma. E também aquela "Camila ahá, Camilaaaaa... e eu que tinha apenas 17 anos...".*

Marcelo: *Mil e uma noites ouvindo a mesma piadinha... rsrs*

Milla: *Já passou de dez mil!*

Marcelo: *Se eu fosse você, fazia a maluca e saía por aí dizendo que Netinho fez a música para você.*

Milla: *Queimaria meu filme passar 1001 noites de amor com Netinho!*

Andrea: *Meu ex-marido se chama Alaor, vocês podem imaginar... rsrs*

Aurélio: *Pessoal, já foram 10.935 (número atualizado) pessoas que cantaram a música para a Milla. Nossa meta é alcançar a incrível marca de 20.000 pessoas! Vamos lá, galera! "Ô Miiiilllaaa... Mil e uma noites...!!!".*

Dircinha: *Comigo sempre perguntavam: "Você dirce alguma coisa?".*

pichadores amadores

Há um tempo, picharam o muro dos pais de Sérgio. Depois de ponderarem sobre o que fazer com o muro vandalizado, decidiram pintá-lo de branco, com uma placa pendurada onde se lia: "Reservado para pichadores amadores". Morri de rir com a solução adotada, que considerei a mais besta do universo. Afinal, quem, com mais de 5 anos, cairia numa psicologia reversa tão flagrante? Argumentei que, fosse eu pichadora, aproveitaria para rabiscar o muro em plena luz do dia, já que a placa autorizava. Disseram-me, em contrapartida, que a vizinha afirmava ser tal estratégia infalível. Apostei com Sérgio que, na semana seguinte, a parede já pediria uma nova mão de tinta. Deve fazer uns cinco anos e até hoje não há um único rabisco no muro. Esse caso intrigante me fez observar, a partir de então, todo muro que adota a mesma técnica. E são muitos. Pela cidade inteira e, inclusive, em outros municípios. O resultado é invariável: a distância absoluta dos pichadores do espaço dos amadores. E isso me impressiona. Tanto que estou pensando em pendurar no meu carro, na minha bolsa e na minha carteira uma plaquinha onde se leia: "Reservado para ladrões amadores". Será que funciona? 🤪

Jordan: *Se eu fosse pichador, só de raiva, picharia SOMENTE nos muros que têm esse aviso, e ainda faria uma pichação muito sinistra e fo*. Daí, embaixo, eu colocaria: "Tá aí seu 'amador'".*

> **Milla:** *Eu picharia a placa. Quer solução mais simples?*
>
> **Jordan:** *Mas aí sai como um ataque de raiva... e não um ataque meticuloso, cirúrgico e sutil.*
>
> **Milla:** *Então só tira a placa e picha.*
>
> **Jordan:** *Olha, para falar a verdade, eu nunca vi uma PLACA com isso escrito. Sempre vi a frase escrita de tinta.*
>
> **Milla:** *Também tem. Nesse caso, pode-se pichar em cima do escrito.*
>
> **Jordan:** *O negócio é vandalizar... não importa como.*

Bruna: *Sempre me questionei a respeito dessa placa. Agora tive certeza de que ela funciona.* 😲😂

Fernando: *Olha, você me respondeu uma questão universal: nunca vi um muro com essa frase pichado.*

Dircinha: *Hahaha, adorei, vou pendurar uma placa dessas no pescoço. Não vou ter medo de sair na rua nem de noite.* 😂😂😂😂😂😂

> **Milla:** *Vou pendurar "espaço para ladrões, assassinos e tarados amadores". Kkkk*

Adriana: *Isso é tão velho... Nenhum pichador se considera amador. TODOS SÃO VETERANOS. Kkkkkkkk*

> **Milla:** *Às vezes, fico com vontade de começar uma carreira de pichadora, com o codinome de "Amador", e pichar todos os muros com essa placa.*

os curiosos

Agora que eu sou fitness, caminho diariamente na praia. Pois bem, numa destas ocasiões, observo um senhor parado, olhando para o alto de uma árvore. Diminuo minha marcha, olho também e não consigo decifrar o que chama a atenção do raio do homem. Constrangida de ficar ali estática ou mesmo de perguntar a ele o que há lá em cima, continuo andando, embora intrigadíssima. Alguns metros à frente, me arrependo e volto. O infeliz não está mais lá. Fico me perguntando se sou normal: seriam as outras pessoas igualmente curiosas? Motivada por essa vocação que tenho para pesquisas pseudocientíficas sobre temas irrelevantes, resolvo fazer o teste. Fico olhando para o alto da mesma árvore, assim como o moço fizera alguns minutos antes. Minha primeira cobaia é um menino com uniforme escolar que age exatamente como eu: diminui a marcha, olha, mas não se detém, nem pergunta. Daqui a pouco, um grupo de estudantes para próximo a mim. Estão esperando o ônibus, contudo aproveitam para observar também o topo da árvore. Comentam algo entre si (me divirto imaginando o que seja). Ainda assim, não me dirigem a palavra. Para motivá-los, começo a sacudir a cabeça de um lado para o outro, como quem diz "que absurdo". Nem assim eles me abordam. Eis que surge uma senhorinha com uma sacola térmica na mão vendendo trufas. Vê aquela cena – um grupo de pessoas olhando para o topo da árvore, sendo que uma delas sacudindo a cabeça sem parar – e pergunta à queima-roupa: "Tem o que ali em cima?". Neste momento, me dou conta de que não preparei um roteiro para caso meu experimento funcionasse. "Um gambá enroscadinho num saco plástico", respondo atordoada, e saio envergonhada, porém triunfante, por ser menos curiosa do que a velha da trufa.

Jordan: *Agora eu tô imaginando um gambá morto enrolado em um saco plástico. Obrigado.*

Rayanne: *Quero ver se alguém ligou para os bombeiros.*

Jordan: *Olha, pelo que eu entendi, não havia gambá nenhum. kkkkkk*

Rayanne: *Sim, não havia... mas muitas pessoas pararam intrigadas.*

Jordan: *Seria isso uma nova variação do Efeito Mandela?*

Rayanne: *Haha.*

Milla: *O que é Efeito Mandela?*

Rayanne: *Também não sei, mas botei "haha" para parecer integrada com o assunto.*

Milla: *Como historiadora, você se sentiu na responsabilidade de saber o que era.*

Rayanne: *Exatamente.*

Jordan: *Efeito Mandela é quando um conjunto de pessoas tem uma mesma memória falsa. Por exemplo, muitas pessoas juravam que Mandela havia morrido na prisão e não foi o que houve.*

Milla: *Legal, eu criei um Efeito Mandela do gambá.*

Rayanne: *Muito interessante, chamarei tudo de Efeito Mandela agora pra parecer ultrainteligente.*

Jordan: *Não pode usar o termo pra qualquer situação. Por favor, vamos manter o padrão.*

Rayanne: *Ninguém manda ni mim! Vou usar Efeito Mandela até para o bom dia do motorista.*

Milla: *Vocês dois são um caso clássico de Efeito Mandela.*

Jordan: *Disserte sobre.*

Milla: *Ué, você que é o pai do conceito. Só estou usando para parecer culta.*

Cláudio: *Aposto que o saco plástico era de alguma farmácia...*

Milla: *Cláudio, foi você que largou o saco na praia?*

Cláudio: *Recuso-me a responder a essa pergunta sem a presença dos meus advogados...*

love story

O meu primeiro Dia dos Namorados foi um episódio extremamente traumático. Eu devia ter a idade do Benjamin e a escola inventou de fazer uma troca de presente entre as crianças. Lembro que algumas amiguinhas ganharam lapiseiras e outras destas quinquilharias que meninas costumam adorar. O meu par – lembro até o nome do infeliz, Diogo – me deu um chocolate. Sei que não foi um presente assim tão ruim, mas perto das lapiseiras, achei uma grandessíssima bosta. Na ocasião, o garoto era o meu *crush* e, desencantada com o chocolate, parti para outra. Mas a verdade foi que Diogo inaugurou uma constante em minha vida: ganhar presente chinfrim de namorado. Já ganhei um CD quebrado e até uma enxada! A lista nem vale a pena ser detalhada... Quando conheci Sérgio, tive certeza de que a era dos presentes ordinários tinha acabado. Antes mesmo de namorarmos, ele me deu uma camisa cuja estampa era o grafite do Banksy de que eu mais gostava. Toda data comemorativa ele marcava um golaço. Além dos pequenos mimos que, sem que eu esperasse, brotavam no meu travesseiro, no para-brisa do meu carro ou na minha bolsa. Os anos se passaram e tudo ia bem. Até um fatídico dia 20 de dezembro. Já na véspera do meu aniversário, Sérgio anunciou que o presente daquele ano seria incrível: algo que eu sempre havia desejado. Fiquei em polvorosa. O que poderia ser? Um anel de brilhantes? A bibliografia completa de Shakespeare? Um vinil raro do Bob Dylan? Um All Star deslumbrante? Na manhã do dia 20, ele veio animado com o embrulho. Abri afoita e engoli em seco quando vi o conteúdo: era uma caixinha de música meio vagabunda, com uma bailarina de plástico, que dançava sob a música de "Love story". Dei um sorriso amarelo e agradeci, depois fiquei muda. Ele perguntou se eu não havia gostado. Tentei mentir, mas as lágrimas começaram a escorrer pelo meu rosto. Não conseguia acreditar que Sérgio, justo ele, tinha dado uma de Diogo. A caixinha foi um divisor de águas no nosso relacionamento. A.C. D. C. Antes da caixinha. Depois da caixinha. Porque, desde então, todos os presentes que ganho vêm acompanhados da frase "embora você não saiba apreciar a poesia dos meus presentes"... e todos os presentes que dou contêm o adendo "ainda que você tenha me dado um presente de camelô"... O fim da caixinha é um mistério absoluto. Nunca mais a vi desde aquele terrível dia 20 (diz

Sérgio que este é o meu castigo 😐). E, ainda assim, não há uma única data comemorativa em que a "mardita" não seja evocada.

Carlos: *Quanto drama...*

Milla: *Gisele, cuidado, você é uma forte candidata a ganhar um presente de camelô.*

Gisele: *Ele não é nem doido. Comigo não tem esse negócio de "apreciar a poesia dos presentes", não. Inclusive, esses dias mesmo, comentei que acho um absurdo dar chocolate de presente, me senti representada com sua publicação.*

Cinthia: *Milla, querida, não se sinta só... Atire a primeira pedra quem nunca recebeu um presente com um sorriso amarelo e depois ficou se questionando: "Por quê?! Para que isso?!". Por exemplo, eu mesma já ganhei de presente um pen drive da 25 de Março! Kkkkk Entre outros... Pense pelo lado bom, o melhor e o "top gift" você já tem: Ben!!!* ♡

Milla: *É verdade. Mas eu também sempre penso: dei para ele um presente top como o Ben, mesmo ele me dando aquela caixinha de música... kkkk*

Bárbara: *Tive um namorado que me deu um jogo de tapetes para o carro. Gente, se eu não tinha um é porque, pra mim, não fazia a mínima falta.* 😒 *Só relevei porque ele era pisciano, então era um sem noção por natureza!* 🤣🤣🤣🤣

Milla: *Jogo de tapetes foi equivalente à enxada. Se é para dar uma coisa que a gente precisa, dá dinheiro logo... kkkk*

Bárbara: *Né?* 🤣🤣🤣

Bruno: *Eu já ganhei uma cortina de boxe de banheiro. Você está muito, muito no lucro!*

Milla: *Bruno, preciso de mais detalhes dessa cortina para analisar sua situação.*

Bruno: *Estava na 6ª série, amigo oculto de fim de ano da turma. Eu era completamente apaixonado por uma menina e ela me tirou... e sim,* *ganhei uma cortina de boxe e um tapete de banheiro. Acho que nunca mais quis falar com ela. haha*

Milla: *Meu Deus! Ainda veio em dupla com um tapete de banheiro! Kkkk A mãe deve ter ganhado de alguém e repassou o presente. Ninguém em sã consciência compra isso para uma criança. Ou a mãe era drogada. kkkkk*

Bruno: *Eu acho que era a última opção. Haha*

Pillar: *Como assim, chocolate não é presente!? :o*

Milla: *É presente. Presente ruim...*

Pillar: *Paraaaaaa. Eu amo receber chocolate. Melhor do que flor, que você não pode fazer nada.*

Cláudio: *Coitado do Sérgio. Imagino o pavor dele toda vez que vai te dar um presente...*

Milla: *Cláudio, você deveria imaginar o meu toda vez que vou ganhar...*

Rayanne: *Por que você não matou o namorado que deu uma enxada? Com certeza estava pedindo pra morrer.*

Dircinha: *E já usava a enxada para cavar um buraco e jogar o corpo.* 😬

Rayanne: *Na verdade, eu faria como na época da Revolução Francesa. O cara ia cavar o próprio buraco.*

Jordan: *Rayanne, eu acho que você deveria dar o exemplo.*

Rayanne: *Começando a fazer você cavar a sua? Também acho.*

Dircinha: *Milla, cadê a enxada? Vou fazer um buraco e jogar esses dois dentro...*

Bruna: 😂😂😂😂😂😂 *Enxada?* 😂😂😂😂

Milla: *Imagina a minha cara falando: "Amorrr, mas que enxada mais liiiiinda!".*

Fernando: *Diferença entre a realidade e a expectativa.*

Milla: *Diferença brutal.*

Adriana: *Você é muito cruel... Não soube valorizar o presente do Sérgio, carregado de amor e de significado. Você está igual à menina do jantar romântico da Ana Maria Braga.*

Milla: *Vou mandar Richarle te dar uma enxada. Você vai ficar mais irada do que a menina do jantar romântico. kkkk*

Adriana: *Não falei da enxada. Estou defendendo Sérgio com a CAIXINHA DE MÚSICA. kkkkkkkkkkk*

Milla: *Você tem que entender que eu sou uma pessoa sofrida, que já ganhou enxada.*

Adriana: *Está bom... Eu te desculpo só por causa disso... A propósito, você ainda tem a enxada? kkkkkkkk*

Milla: *Tenho. Kkk Pelo menos era produto de boa qualidade. Uso direto.*

Adriana: *Então esse presente não foi tão ruim assim...*

Milla: *Ouviu a dica, né, Richarle?*

meteoro

As pessoas acham que sou uma mãe louca. Mas a verdade é que eu já era louca muito antes de ser mãe. Quando meu sobrinho mais velho era pequeno, nós brincávamos de patrulheiros das galáxias. A brincadeira consistia em explorar o universo, combater o mal e fazer pesquisas científicas. Nosso lema era, assim como o do Spock, "vida longa e próspera", frase sempre acompanhada do cumprimento vulcano. Eu vivia comprando umas quinquilharias cósmicas na Rua da Alfândega, fazia vídeos "direto do espaço" e até construí uma nave com caixas de leite. Um dia, decidi ir mais longe. Haveria uma festa na minha casa e resolvi tacar fogo numa pedra para dizer que havia caído um meteoro no jardim. Convenci Sérgio a me ajudar. O plano era simples: pegaríamos uma pedra gigante que tínhamos em casa (uma pedra de ferro, segundo Sérgio, perfeita para "fins meteóricos"), encharcaríamos com álcool e, quando eu gritasse "Meu Deus, um meteoro!", Sérgio riscaria o fósforo. Tudo sincronizado. Da varanda, eu podia ver o meu comparsa no jardim e também as crianças na sala. Dei o sinal de que ele podia colocar o álcool. "Mais, mais", instruí. Eu queria uma chama poderosa. "Meus Deus, um meteoro!", gritei, e logo vi subir aquela labareda gigante, mal dava para ver a pedra. Os convidados da festa, dentre eles meu sobrinho, vieram para o lado de fora testemunhar o acontecimento. O problema é que, como era verão, a grama estava bem seca e o fogo começou a se alastrar. Sérgio saiu correndo para pegar a mangueira e eu, inspirada em Orson Welles, aproveitei o desastre para dar maior veracidade à trama. "Rápido! A chama cósmica está se espalhando! O fogo das galáxias é muito poderoso!", gritei. As crianças ficaram agitadíssimas – em pânico, mas também fascinadas. O mini-incêndio foi controlado, embora parte da grama tenha saído da história chamuscada. Mas valeu a pena: roteiro, direção, atuação e efeitos especiais impecáveis. Às vezes, acho que eu merecia o Oscar...

Jordan: *O mais interessante é você enrolando as crianças, fingindo que está tudo bem, em meio a um princípio de incêndio.*

Milla: *Eu não fingi que estava tudo bem. Pelo contrário, disse que a chama era cósmica.*

Jordan: *"Rápido! A chama cósmica está se espalhando! O fogo das galáxias é muito poderoso". Quem fala isso sério em pleno incêndio? kkkkkkkkkkkkkkk*

Milla: *Para uma criança, isso é seríssimo! Precisava ver o pânico delas. Kkkkk*

Paola: *Perturbada! E Sérgio ainda entra na onda!*

Milla: *A outra opção seria eu fazer sozinha...*

Paola: *Pensando por esse lado...*

Diego: *Olha, eu estou aqui para comprovar que você é bem loka antes de ser mãe e tia. Haha*

Cláudio: *Na última vez em que alguém fez isso os dinossauros foram extintos...*

Milla: *Com certeza, desta vez, extingui algum ecossistema do meu jardim. Kkk*

o título

Quero sugestões de títulos para o meu livro de crônicas.

Larissa: *"Milla, mil e uma histórias". Rs Pode ser algo derivado da "sua" música ou de uma das histórias...*

Milla: *Minha música? Não sei do que você está falando...*

Dircinha: *Aconteceu, juro que é verdade.*

Newley: *A Bidusa e o Persego.*

Rayanne: *O nome eu não sei, mas tem que ter o "já fazi" no meio, porque vai ser a crônica mais aclamada pela crítica.*

Milla: *Poxa, a vontade que dá é colocar: "Já fazi. Crônicas escatológicas".*

Rayanne: *KKKKK Amei! Voto nesse.*

Dircinha: *O cotidiano narrado, comentado e compartilhado.*

Sheila: *As crônicas escalafobéticas.*

Milla: *Encorajador...*

Daniela: *"Tudo começou há um tempo atrás".* 😂😂😂

Milla: *Na Ilha do Sol...*

Adriana: *Já fazi, 1001 noites com você, em a Bidusa e o Persego.*

Milla: *Já resume boa parte das aventuras... kkkk*

Adriana: *Tudo junto e misturado.*

Augusto: *As Crônicas de Milla: Danone, a senhora da clínica e o já fazi.*

Rayanne: *Faltou o cara do trânsito.*

Luccas: *As desventuras e peripécias de uma lenda digital.*

Milla: *Obrigada, meu fã.*

Jordan: *Crônicas da Milla Episódio 1: o Ataque do Ben.*

Juliana: *Crônicas para compartilhar: histórias que continuam depois que acabam. Isso porque acho que, no seu livro, não podem faltar os comentários dos amigos. São tão bons quanto as crônicas!*

Milla: *Gostei. Por enquanto, a única sugestão digna... kkk*

Juliana: *Pode contar também que a ideia do livro foi minha! Praticamente uma coautora...*

Milla: *Eu te dou os créditos. Só não pago royalties.*

Augusto: *As crônicas de Milla. Histórias do cotidiano urbano.*

Flávia: *Crônicas "Ben faMilla".*

Juliana: *Já faziiiiiiii!!!!!!*

Milla: *Se fosse eleição, sua sugestão ganhava...*

Gustavo: *Benjamin e os causos milaneses. Huahua*

Carlos: *Milla e uma noites.*

Milla: *Mas tem história que é de dia...*

Carlos: *Licença poética...*

Fernando: *Causualidades. Porque tem muitos causos...*

Milla: *E muitas causas...*

Henrique: *Podia ser um trocadilho, tipo "Memórias e um conjunto de Millices".*

Larissa: *De longe eu até pareço normal.*

Marcelo: *São sobre o Benjamin? Pensei no nome: Cidadã de Ben! Rsrs*

Sérgio: *Kkkrônicas! Kkk*

Milla: *Melhor do que a de Juliana, hein?*

Milla: *Dou-lhe uma... Dou-lhe duas... Dou-lhe três!*

agradecimentos

Depois de um tempo escrevendo minhas crônicas, muitas, mas muitas pessoas expressaram o desejo de conhecer minha mãe, **Dircinha** Benicio. E, invariavelmente, quando havia um embate entre nós, a torcida em massa era para ela (ainda que o público de leitores fosse meu...). Mamãe é dona de uma personalidade solar e certamente herdei dela o senso de humor escrachado. Embora tenha passado a vida me ensinando bons modos, nunca perdeu a oportunidade de falar uma bobagem num momento inadequado só para nos fazer rir. Acho, aliás, que não houve uma única vez em que eu tenha enunciado meu nome completo – Milla Benicio Ribeiro de Almeida – sem que a ouvisse sussurrando a belíssima rima: "Tem um cu que peida". Mamãe sempre foi a minha maior referência na vida, mas nunca me disse para tomá-la como modelo: pelo contrário, incentivou-me a encontrar meu próprio caminho. Hoje, admiro-a ainda mais por isso.

Meu pai, Fernando Fefeu – assim o chamam os amigos – compartilha comigo uma grande paixão: a música. Uma das memórias mais vivas que tenho da infância é a de um radinho de pilha que papai carregava consigo, para cima e para baixo, quase como um patuá. Quando eu chegava da escola, pedia o radinho emprestado para escutar "Good Times 98" enquanto tomava banho: era uma das melhores horas do meu dia. Papai é uma figura incrivelmente cativante, acho que nunca teve um inimigo na vida e imagino que até um psicopata teria simpatia por ele. Há 20 anos enfrenta uma doença que é uma pedreira, mas segue em frente, se adapta. O mal é degenerativo, mas meu pai é gigante.

Minha irmã, Bruna Benicio, é minha segunda mãe. Sempre me protegeu da tirania das primas mais velhas. Catava meus piolhos, mesmo que a contragosto. Foi ela quem me obrigou a tomar comprimido pela primeira vez. Nunca esqueço a madrugada em que Benjamin nasceu. Depois de 24 horas de contrações e sem dilatação alguma, optei pela cesariana. Bruna correu ao hospital. Observando meu desespero, ela falou: "Vem aqui, meu bebezinho". Sentei-me no seu colo e desandei a chorar, realmente como um bebê. A cena deve ter sido curiosíssima. Uma grávida de nove meses em trabalho de parto, ora urrando de dor, ora gemendo manhosa, sendo quase que ninada pela irmã mais velha.

Bruna casou-se com Maurício Muniz, cuja apresentação é dispensável. Resta-nos aqui atualizar que, desde a crônica que lhe foi dedicada, dr. Maurício já atacou de dedetizador e atualmente é meu consultor financeiro. Juntos, Bruna e Maurício nos deram meus sobrinhos "Pejão", como diz Benjamin. Os dois odeiam tirar foto, mas quando viram o miolo do livro pronto, reivindicaram sua imagem nos agradecimentos. E eu, que já até coloquei fogo no jardim para agradá-los, mandei uma mensagem aos editores: "Eu podia estar roubando, eu podia estar matando...".

João, o mais velho, sempre foi uma criança extraordinariamente boa. Se, por um acaso, caçoamos de alguém na frente dele, João nos remenda falando "deixa a pessoa ser do jeito dela, ué". Ficamos humilhados com a sabedoria desta criança de 10 anos, mas com a expectativa de o mundo ser habitado, no futuro, por criaturas mais decentes do que nós. **Pedro,** o mais novo, é um líder nato e já tem sua própria trupe de seguidores. É o nosso "pequeno homem do mundo", com um sentido prático da vida e grandes habilidades matemáticas. Isso lhe permite complexos cálculos como quantos dentes precisa perder para ser recompensado pela fada, a fim de comprar um determinado brinquedo.

Fernando Benicio, meu irmão mais velho, é o empreendedor da família. Nas minhas aulas de marketing, 90% dos *cases* que apresento são baseados nele. Uma vez, um aluno perguntou: "Professora, quantos irmãos você tem?", tal é a variedade de negócios com que o rapaz já trabalhou. A palavra "empreendedor" está na moda agora e é mais chique, mas, em família, chamamos Nando de Artaxerxes. Este era o personagem de uma novela

da Globo: um velho sonhador, que imaginava fazer fortuna com uns investimentos mirabolantes. Para nós, já não importa que Nando, de fato, tenha se tornado um empresário bem-sucedido. Ele foi, é e sempre será o nosso Xerxes.

Sérgio Câmara eu conheci subindo as escadas do meu trabalho. Em três meses nos casamos. Perdi a conta de quantas vezes nos separamos. Nunca fomos um casal óbvio, talvez porque as pessoas tentem nos interpretar como uma balada romântica, quando somos uma canção dylanesca. Nos interessamos pelas mesmas coisas sérias da mesma forma debochada. Uma vez, eu vivia um dilema digno de Hamlet. Sofri por semanas e Sérgio, cansado daquela lenga-lenga, falou que a questão seria resolvida num tribunal da razão kantiana. Maluca que sou, aceitei. Sentei no banquinho dos réus e esperei para ver no que consistiria o tal julgamento. Eis que apareceu Sérgio com uma peruca de juiz confeccionada com papel higiênico. Fez suas deliberações com a melhor linguagem jurídica e finalmente emitiu a sentença. Acatei as ordens do tribunal e tudo deu certo. Desde então, nunca mais parei de ler Kant.

Sérgio me deu, além do nosso pequeno Ben, um "filho postiço". Eu e Fábio Câmara temos uma afinidade única, possível apenas para aqueles que detestam as mesmas coisas no mundo.

Esta família nada tradicional brasileira se completa com a nossa prole canina, Amélie e Carlota, que, com suas traquinagens, amenizam a imensa saudade da querida **Silvinha**.

Não posso deixar de mencionar também **minhas primas**, minhas melhores amigas: Juliana, Joanna e Julia Benicio, Maila e Marcela Conti. Farei como a minha avó, que, sem qualquer constrangimento ou cerimônia, dizia que Julia era o diamante do seu colar de péro-

las, quando se referia aos seus 26 netos. Vovó tinha razão: minha prima caçula sempre foi a melhor de nós.

Gostaria de lembrar ainda do meu psicólogo, Edu Martins, por manter minhas neuroses num nível cômico e não trágico.

Por fim, preciso agradecer a todos aqueles que fizeram parte da construção desse livro. Em primeiro lugar, aos amigos **Jordan** Ferreira e **Augusto** Portugal, que me ajudaram na tarefa hercúlea de compilar os *posts*. Também

àqueles que sempre acompanharam minhas histórias e delas participaram com seus preciosos comentários: Luis Junior, Valdenia Lima, **Cláudio** Rangel, **Bárbara** Pires, Marcela Possolo, Maria do Amparo, Sheila Leite, Simone Garrido, Carlos Bustamante, Rayanne Dafflon, Adriana Santos, Sandro Hoyos, Jones Ferreira, Fernando Talask, Gisele Veríssimo, Bruna Nepomuceno, Bruno Cunha, Pillar Bellardi, Paola Combat, Gabriela Malafaia, Andréa de Castro, Ligia Branco, Mônica Benicio e Marcia Cabral. A Jean Pelé, que nunca comentou nada,

mas queria estar nos agradecimentos. Agradeço também aos que insistiram no meu potencial como cronista e que reclamaram com frequência a publicação deste livro: Etienne Dilde, Bebeto Branco, Simone de Paula, Erika Machado, Lucelena Ferreira, Adriana Ribeiro de Almeida, André Silva, Kamilla Bussinger, Renan Mesquita, Alexandre Reis, Vicente Quaresma e Wellington Duretto. A Diego Mello, pelas fotos lindas, pela amizade de sempre e pelo melhor apelido da minha vida: socialite socialista. Por último, mas não menos importante, a Luiz André Alzer e Bruno Thys, que apostaram neste projeto.

dedicatória

Há três anos, todas as escolhas que fiz na vida tornaram-se acertadas, porque, de outro modo, meus caminhos não teriam me levado a você. Exatamente você: o filho perfeito para a mãe que sou. O menino mais assobiador do mundo, que só gosta de tomar banho com globo de discoteca e que me intima a dançar no meio da rua, com os cachinhos balançando para cima e para baixo. Que mostra a barriga quando mando fazer pose para foto e que, simpaticíssimo, dá bom dia a estranhos, embora, por vezes, os chamem de cocô. Nos beija e abraça umas dez vezes por dia – em geral, quando menos esperamos – e, se lê no meu semblante qualquer traço de tristeza ou preocupação, invariavelmente dispara: "Mãe, você é uma linda". A criança mais agregadora do universo, com o estranho prazer de juntar as pessoas que não se gostam. Sabe o nome de cada um dos Beatles, ainda que, por algum motivo, sempre esqueça o George. Acha que tudo (de uma bala Juquinha a uma BMW) custa R$ 3,00 – nunca entendi por quê. Quando me pede que conte uma história, e eu não tenho nenhum livro à mão, responde: "Lê com a cabeça, ué". Às vezes, pega a motoca e diz que vai ao museu ver a "arte de Van Gogh", mas a parte da brincadeira em que mais se diverte é, de longe, quando procura vaga. É a única criatura no mundo que eu não odeio quando divido comida, nem mesmo croissant de chocolate. E também é o único que não mando para o inferno se me acorda às 4h da madrugada, falando: "Coça a minha barriga?". Na verdade, eu até coço. Esta frase repito mil vezes por dia e nunca, nunquinha de forma mecânica, pois sempre revivo o sentido de cada palavra toda vez que as enuncio: Benjamin, eu te amo.

Este livro utilizou a fonte Minion. A primeira edição foi impressa em papel Pólen Soft 80g na gráfica Vozes, em agosto de 2019, quando Milla Benicio tinha 36 anos, mas, segundo os editores, de vez em quando ainda se vestia como adolescente.